社畜リーマン、推しに熱烈オファーされてます

Syachiku-riman Oshini Netsuretsu offer saretemasu

社《しゃ》畜《ちく》リーマン、推《お》しに熱《ねつ》烈《れつ》オファーされてます

藤《ふじ》崎《さき》 都《みやこ》

ILLUSTRATION：円《まる》之《の》屋《や》穂《ほ》積《づみ》

社畜リーマン、推しに熱烈オファーされてます

LYNX ROMANCE

CONTENTS

社畜リーマン、推しに熱烈オファーされてます

1

『君がミユキ？　こうして君に会えて光栄だよ』

『いえ、こちらこそお目にかかれる機会をいただき感謝してます』

　いまをときめく映画監督のショーン・ブラックウェルは目尻の垂れた甘いマスクを笑顔でさらに蕩《とろ》けさせ、こちらに握手を求めてくる。

　久遠寺《くおんじ》美雪《みゆき》は興奮を抑えながら、控えめに彼の手を握り返した。

『こんなに若いなんて思わなかったな。あんな素晴らしい話を書くからてっきり――いや、才能に歳《とし》は関係ないな』

『そんな…恐縮です……』

　作品というのは、美雪の書いた二次創作の小説のことだ。ショーンはその原作である映画の監督兼脚本を担っている。

　ただのファンの一人でしかない美雪の書いた小説が原作者に読まれることがあるだなんて考えたこともなかったけれど、好意的に評価され舞い上がるような気持ちになる。

『もっと作品について、君の見解を聞かせて欲しい』

　長い睫毛《まつげ》に目力の強い焦げ茶の瞳。熱の籠もった眼差《まなざ》しで熱望される。

夢のような申し出は畏《おそ》れ多くもあったけれど、他でもないショーンの頼みだ。断ることなどできるわけがない。

『はい！　僕の意見でよければ、是非』

『そう云《い》ってくれると思ってた。ありがとう、ミユキ』

感謝の言葉を口にするショーンを、美雪は榛《はしばみ》色の瞳でうっとりと見つめ返す。違う世界の人間だと思っていた彼と、こんなふうに話をすることができるなんて。

彼には伝えたいことがたくさんある。一体、何から話せばいいだろう。やはり、初めて彼の作品に出《で》逢《あ》った瞬間の衝撃から――。

「――寺、おい、久遠寺！」

「は、はい！」

強い口調で名前を呼ばれ、空想の世界から引き戻された。自ら妄想で生み出した白昼夢の中に浸っていた美雪は、殺伐とした現実にげんなりとする。

（いいところだったのに……）

せっかくの幸せな気分が台無しだ。尊敬してやまない人に、いまから思いの丈を伝えるところだったというのに。

「目を開けて寝るなよ。仕事中だぞ？」

そう苦言を呈《てい》してきたのは、二つ年上の先輩の木崎《きざき》だ。

「すみません、ちょっとぼーっとしてて」

「給料もらってんだから、まともに仕事しろよな」

楽しみを邪魔された不満を顔に出すことなく曖昧《あいまい》に笑ってごまかしたが、木崎の嫌みにカチンとくる。美雪が妄想に浸っていたのは、やるべきことを全て終えたあとだからだ。

（まともに仕事してないのはどっちだよ……）

いつも締め切りに間に合わず、美雪に手伝わせているような人間にだけは云われたくない。

美雪が勤めているのは小さなデザイン事務所だ。主に雑誌の記事レイアウトや書籍のカバーなど、紙周りのデザインを請け負っている。

元々は個人事務所だったのが、フリーのデザイナーが一人、二人と所属するようになり、いまの規模になったらしい。ちなみに、募集広告の惹句《じゃっく》にはアットホームな職場とあった。

事務職として採用された美雪は、所属するデザイナーたちに新たな案件を割り振ったり、スケジュールの進行管理などをする秘書のような業務を担っている。

といっても実質は雑用係で、それぞれの進行を調整する中、いつの間にか成り行きで簡単なデザインの仕事もサポートするようになっていた。

「久遠寺、頼んでおいたやつってどこまでできてる？」

「終わったので、さっき共有フォルダに入れておきました」

来週半ばまでと云われていたけれど、週末を憂《うれ》いなく過ごすために急ピッチで仕上げた。

「え、もう終わったのか？　それなら、さっさと云えよな」

「さっきメールしましたけど……」

「あ？　口で云えって云ってるんだよ。まあ、いいや。確認しておくわ」

美雪の反論が気に食わなかったのか、木崎は不機嫌に威圧してくる。

本来なら彼に割り当てられた仕事だ。美雪としては本業の合間を縫って手伝っていただけにすぎない。にも拘《かかわ》らず、感謝の一言もないことにイラッとした。

（厚意で手伝ってるだけのはずなんだけど）

デザインについては専門的な勉強をしたわけではなく、上司にソフトの使い方を一通り教えてもらっただけであとは独学だ。

「てきとうにいい感じにしてくれたらいいから」と云われたが、何冊か専門書には目を通しておいた。元々出版業界志望だったし、デザインには以前から興味があったから作業自体は楽しくやらせてもらっている。

けれど、大抵が締め切りギリギリの差し迫ったときに頼まれ、その結果、予定外の残業になることも少なくない。飽くまで本来の業務ではないので、毎回イレギュラーなのだ。

皆の役に立てることが嬉《うれ》しくないわけではないが、自分のペースが崩れることには負担を感じてしまう。

そんなときは、さっきのように妄想に逃避してはストレスを解消していたりする。タバコ休憩で長々席を空けることもないのだから、数分の息抜きくらいさせてもらいたい。

「うん、まあまあいいんじゃね？　あとはこっちで手直ししとくわ」

「よろしくお願いします。――あの、今日は他に何もありませんよね？」

「何だ？　デートの予定でもあるのか？」

「い、いえ、そういうわけでは……」

念押しがやぶ蛇だったかもしれない。訊《き》き返され、美雪は気まずさを覚えた。

だが、彼の指摘はあながち外れてもいない。このあと、美雪にはデートではないけれど一生に一度あるかないかの大事な用事がある。

定時になったところで退勤すべく、今日は普段以上の集中力を発揮させたというわけだ。

「だよな。お前にデートの予定なんてあるわけないよな。実はさ、またちょっと頼みたいことがあるんだよな」

「……何でしょうか？」

警戒しながら訊き返すと、粘つくような笑顔を向けられた。

木崎の「ちょっと」が本当に「ちょっと」ですんだ試しはなく、嫌な予感しかしない。

「週明け朝一で納期のやつが終わってないんだけど、実はこのあと外で打ち合わせが入ってて、いまから出なきゃいけないんだよ。だから、代わりにやっといて欲しいんだ」

「え、今日ですか？」

「頼むよ。こういうとき頼りになるのは久遠寺だけなんだって」

彼はこうして下手に出ているような態度を取りながら雑務を美雪に押しつけ、自分は定時で帰っていく。断るような素振りを見せようものなら、途端に高圧的になる。

はっきりノーと云えない美雪の性格もあり、不機嫌さをぶつけられ嫌な気持ちになるよりはと、無茶ぶりも引き受けてしまうのが常だ。

理不尽な八つ当たりに耐えながら断る労力のほうが、美雪にとっては負担なのだ。

「オタクの久遠寺のことだから、一人で映画でも見る予定だったんだろ？　まあでも、そんなのいつでも行けるじゃん。チケット代くらい立て替えてやるからさ」

勝手な決めつけにも、映画くらいという物云いにも苛立《いらだ》ちを覚えるが、反論したところで彼に響くとは思えず押し黙る。

映画鑑賞は美雪の『趣味』ではなく、『生き甲《が》斐《い》』だ。大好きな映画があるからこそ、職場でのストレスや同僚の理不尽な要求に耐えられる。

普段なら不満を覚えながらもそんな気持ちをおくびにも出さず、波風を立てないように「いいですよ」と請け負っていただろう。

しかし、今日だけはそうはいかない。何があっても約束の時間に遅れるわけにはいかないのだ。ごくりと唾《つば》を飲み込み、覚悟を決める。

「――すみません」

「え？」

「今日は用事があるので、お先に失礼させていただきます……！」

「ちょっ、おい!?」

美雪は時計の針が十九時を指したのを確認して素早く立ち上がると、カバンと上着を抱えて逃げ出すように職場をあとにした。

「危なかった……」

どうにか退社することができて、美雪はほっと胸を撫《な》で下ろす。あんなふうに木崎に対して、ノーと云ったのは初めてだ。

あとが怖いが、本来なら彼の指示を受ける立場ではないのだから、開き直るしかない。

念のため電話やＬＩＮＥで呼び戻されないよう、スマートフォンの電源も落としてしまう。休みの日に、木崎に呼び出されて予定がダメになったことも数え切れないのだから。

彼は美雪のことを便利に使える手駒だと思っている節がある。

きっと、いま頃は自分の思うようにならずに周囲に当たり散らしているに違いない。週明け、嫌み攻撃を受けることも覚悟の上だが、想像するとうんざりしてしまう。

友人には早く転職したほうがいいと云われているし、自分もそのほうがいいのかもしれないと思ったりもするけれど、なかなか踏ん切りがつかない。

憧れのデザインの仕事の一端に関わっていたいという気持ちがあるのと、転職した先で上手《うま》くやっていく自信がないからだ。

『お前なんて他では通用しない』『ウチで鍛えてやっている』と常日頃から云われている。少なくとも三年勤め、自分の仕事に自信が持てるようになったら、と考えている。

腕時計を確認しながら地下鉄の駅へと急いでいたら、前から歩いてきた女性たちを避《よ》けるのがギリギリになってしまった。美雪は反射的に謝罪を口にする。

「……っと、すみません」

「そ、ソーリー」

ぶつかりかけた女性が英語を返してきたのは、美雪を外国人だと思ったからだろう。気まずさを覚えながら、美雪は小さく頭を下げて足早にその場から離れる。

「ね。いまの人、外国のモデルさんかな？　めっちゃ美人だったね」

「綺麗《きれい》な人は何着ても似合っていいなあ」

好奇心に満ちた不躾《ぶしつけ》な視線を向けられることにもう慣れた。小声での会話も聞こえてしまう。

（僕も日本人《にほんじん》なんだけど……）

生まれも育ちも国籍も日本なのに、金髪と榛色の瞳と白い肌のせいでそうは思われない。全体的に見ればアジア人らしさもあるけれど、どちらかといえば西洋人《せいようじん》のほうが雰囲気が近いだろう。

長い睫毛と血色のいいピンクの唇。華奢《きゃしゃ》な顎のラインとアーモンド型の目は母親似だが、彫りの深い顔立ちは会ったこともないアメリカ人の父親の遺伝が強く出たようだ。

母はハンサムだったという父に似ていることを喜んでいるけれど、美雪自身はこの外見のせいで昔から苦労ばかりさせられてきた。

日本人離れした容姿が仇《あだ》となり、幼い頃はよく近所の子供たちに揶揄《からか》われたり、虐《いじ》められたりしたものだ。

可愛《かわい》いものが好きな母の選ぶ服が女の子っぽかったこともあり、変質者に狙われることも少なくなく、お陰ですっかりインドアな性格になった。

元々、本やアニメは好きだったけれど、嫌なことばかりの学校生活から逃避するために架空の物語に浸るようになったのは当然の成り行きだろう。

その結果、いまでは筋金入りの『オタク』だ。中学でその楽しさを共有できる友人ができたこともあり、物語に没頭しているときは楽に息ができるようになった。

高校生になってからは見た目のお陰で妙にモテるようになったけれど、美雪に告白してくる相手は身勝手なイメージを押しつけてくる人ばかり。

美雪のアイデンティティである『オタク』を否定されることも多く、人間不信が加速し、余計に内向的になってしまった。

（好きでこんな見た目に生まれたわけじゃないのに）

大学のOBからセクハラ行為を受けたり、会社の同僚から見た目で採用されたんだろうと揶揄《やゆ》されたこともある。

生まれ持ったものについて不満を云っても詮《せん》ないが、黒髪に黒い瞳で生まれていたらよかったのにと何度思ったかわからない。

「あ」

ホームに滑り込んできた電車に乗り込んだ瞬間、車両の吊《つ》り広告に目が止まり、美雪のテンションは瞬時に上がる。

一車両全て使って告知されているのは、先週発売になった秘密諜報《ちょうほう》組織の分析官が活躍するハリウッドの映画シリーズ『ザ・プログレス』のブルーレイだ。

（やっぱり、格好いいなあ……）

主人公の顔が二つ並んでいて、それぞれ眼鏡《めがね》をかけた頼りなげな表情と素のキリッとした表情が対比になっている。

いま、美雪がどっぷり浸《つ》かっているのは、いわゆる〝洋画沼〟だ。

とくにこのシリーズに夢中になっている。映画館でも数え切れないほど見たし、もちろんブルーレイは特装版と通常版をすでに入手済みだ。

この『ザ・プログレス』の主人公レミントンは、諜報機関の分析官だ。本来はデスクワークのはずなのに、毎回様々なトラブルで彼自身が事件解決のために体を張ることになる。

四苦八苦しながらどうにか危機を乗り越え、最後は芸術的なハッキングの手腕で事件を解決するのが作品の肝だ。リアリティのある無骨なアクションも見どころの一つである。

オンとオフで印象の違う二面性も魅力的で、眼鏡を外すとスイッチが入り、本来の『彼』が顔を見せるシーンは毎回興奮してしまう。

彼自身が注目されるのを好まないため、表向きはバディを組んでいる捜査官が解決したことになる。結果的に彼の活躍を知っているのは視聴者のみというのも、共犯者気分になれていい。

大きな事件を追う中でレミントン自身の謎も解き明かされていくところもシリーズの魅力だ。レミントンの両親は事故で亡くなり、十代で天涯孤独となった。その死に疑念を抱き、捜査機関を志願する。訓練を受ける中で技術を買われて諜報機関にスカウトされたという設定だ。

シリーズが進むにつれ、実の父親が裏の世界の人間だとわかる。生みの母は支配的な夫から逃げ、夫の放った追っ手に捕まる寸前、信頼できる捜査官夫婦に子供を預けた。それがレミントンの育ての両親だ。

不可解な記憶と善良な二人にはない闇が自分の中にあることに不安を覚えていた彼は、事実を知り得心した。もどかしさを抱えながら、正しいことをしたいと自分の中の闇に向き合っていく。

最新の完結作では、トラウマやコンプレックスに向き合い、実の父親とも対決することになる。正義は果たされつつも、最後まで彼の活躍は知られないまま生死がわからない状態で終わった。

レミントンは誰も見ていないところでも信念を貫き、黙々と成すべきことをこなしていく。

軽蔑に値する父親、オタクで貧乏くじを引きがちなところ、人の見ていないところで頑張《がんば》る主人公に共感する。自分と同じようなオタク気質で運動神経もよくない人物が必死になる姿に心を打たれ、励まされた。

這《は》いずるようにして困難を乗り越えていく彼の姿に自分も頑張ろうという気持ちが湧いてくる。その上で自分にはできないような活躍をするところが爽快だった。

この『ザ・プログレス』こそが、美雪の鬱々《うつうつ》とした日々の生活を乗り越える原動力になっているのだ。

この人生のバイブルとも云える素晴らしい作品の生みの親が、さっきの美雪の妄想に出ていた映画監督ショーン・ブラックウェルだ。

映画オタクである美雪にとって、尊敬してやまない最推しの人物である。

最初は作り手など意識せずに映画のキャラクターに夢中になっていた。しかし、作品を深く掘れば掘るほど、監督兼脚本家のショーンに傾倒していった。

彼の作品に出逢えたからこそ、いまの自分がある。彩りのない日々の活力剤になっている。そんな美雪の趣味の一つは好きな作品の妄想をし、二次創作をすることだ。

二次創作とは既存の作品のキャラクターや世界観を借り、漫画や小説を書くことだ。中には手芸や料理などで表現をする人たちもいる。

作品に関する記事やキャスト、スタッフのインタビューを隅から隅まで読み、世の中に出ている情報をくまなく集め、作品への造詣《ぞうけい》を日々深めることが楽しみの一つだ。

監督を始めとしてスタッフの関わった過去の作品にも目を通し、ファンの考察も興味深く読ませてもらい、そうしてインプットしたものを二次創作作品に投影させることで、作品への愛を昇華させている。

頭の中で考えているだけでは飽き足らず、妄想を小説として書くようになったのは高校生の頃だ。オリジナル作品を書いていた時期もあるけれど、いまは二次創作一辺倒でやっている。

幼い頃から空想してばかりいる子供だったけれど、いまも瞬時に妄想に身を任せることができるのが美雪の特技でもある。

会社で腹に据えかねることがあるたびに、レミントンのような人が身近にいたらいいのにと想像してしまう。

例えば、残業中「お疲れさま。頑張ってるね」と優しくコーヒーを持ってきてくれたり、同僚から無理難題を押しつけられているときに自分の代わりに怒ってくれたり——。

（ダメダメ、いま意識を飛ばしたら電車を乗り過ごしかねない）

そんなこんなで叶《かな》わぬ妄想をして、職場でのストレスを凌《しの》いでいるというわけだ。

あまり大きな声で云える趣味ではないが、人に迷惑をかけているわけではないのだから非難されるようなことではないはずだ。

さっき職場で浸っていた妄想もその一環だが、今日のものは完全なる妄想とは少し違う。いつもなら百パーセント捏造《ねつぞう》だけれど、脳内で交わした会話には、それなりに根拠があるのだ。

（……根拠があるなんて云ったって、誰も信じないだろうな）

スクリーンの向こうとこちらと同じように、本来は自分と彼は住んでいる世界が違うのだから。

『次は六本木《ろっぽんぎ》――』

車内アナウンスに、はっと我に返る。いまは余計なことを考えている場合ではない。美雪は顔を上げ、気持ちを切り替えた。

2

地下鉄を降りた美雪が走って向かったのは、都心にある高級ホテルのバーラウンジだ。

建物の前を通りすぎたことは何度もあるけれど、初めて足を踏み入れる。緊張しながら回転ドアをくぐり、上層階へと行くためのエレベーターホールを探す。

モノトーンで統一された内装はどこまでもラグジュアリーで、庶民には敷居が高い雰囲気を醸し出している。

恐る恐る乗り込んだエレベーターは、ボタンを押してドアが閉まったと同時にものすごい速さで上昇していく。

レストランやバーがあるフロア以外はカードキーがないと止まらない仕組みになっているらしい。

ポン、と音がして辿《たど》り着いたフロアはロビーよりもさらに照明が抑えられていた。シックな大人のムードに息を呑《の》む。

（四十五階って云ってたし、このフロアでいいんだよな……？）

エレベーターホール正面の嵌《は》め殺しの大きな窓からは、キラキラとした東京《とうきょう》の夜景が広がっている。煌《きら》びやかで重厚な空間に気後れしてしまう。

美雪はバーラウンジの入り口で足を止め、店名を確認した。これから会う人物とは初対面のため、いきなり個室では会いにくいだろうとの配慮でこの場所を提案されたのだ。

（どちらにしろ敷居が高い……）

美雪としてはチェーンのカフェやファミリーレストランで十分だったのだが、相手はそうはいかない。今日の服装にもかなり悩んだ。

スーツでは面接のようになってしまうし、あまりラフにするわけにもいかない。何着も着替えた結果、細いストライプのシャツにコットンのパンツを合わせることにした。

「いらっしゃいませ。お一人様ですか？」

「あの、待ち合わせなんですけど……」

「お名前をちょうだいしてもよろしいですか？」

「ええと、久遠寺…久遠寺美雪です」

名前を告げると、ホテルマンはにこりと微笑《ほほえ》んだ。

「久遠寺美雪様ですね。承っております。では、こちらへどうぞ」

美雪は恐る恐るホテルマンのあとについていく。足の裏には柔らかな絨毯《じゅうたん》の感触が伝わり、生けられた大きなフラワーアレンジメントからは涼やかな甘い香りがした。

一歩一歩足を踏み出すたびに、鼓動が速くなっていく。ドッドッと耳の近くで鳴り響いているかのようにうるさい。

（まさか、ドッキリってことはないよね？）

ここまで来て、まだ質《たち》の悪いイタズラの可能性を考えてしまうが、そんなことをするような価値が自分にあるとも思えない。

足を止めたホテルマンは腰を折り、半個室のようになった席に座る人物に声をかける。

その様子に美雪はごくりと喉を鳴らした。口の中はすでにカラカラに渇き、手の平には汗が滲《にじ》んでいる。なのに、指先はすっかり冷え切っていた。

声をかけられたその人物はぱっと顔を上げたあと、待ちきれないといった様子で立ち上がる。

そして、こちらを振り返り、少し驚いたように美雪を見つめたあと——大輪の薔薇《ばら》が綻《ほころ》ぶように破顔した。

「……っ」

時が止まった気がした。

彼の笑顔を見た瞬間、見えない矢で心臓を射貫《いぬ》かれた。血液が沸騰したかのように体が熱くなり、ドッドッと心臓が早鐘を打つ。

指示された場所で美雪を待ち受けていたのは、間違いなく敬愛する映画監督のショーン・ブラックウェルだった。

（本物だ——）

彼が大きな足取りでこちらに歩み寄ってくる光景は、美雪の目にはスローモーションのように映った。ほんの数メートルの距離なのに、永遠にも思える時間だった。

持ち合わせたカリスマ性故だろうか、不思議と彼の姿が光り輝いて見える。一挙手一投足は、さながら映画のワンシーンのようだ。

(待って、やばいどうしよう格好いい)

目の前に立たれた途端、何とも云えないいい香りがした。とあるブランドの香水を好んでつけているという情報を小耳に挟んだことがあるけれど、真実だったようだ。

そのブランドの店舗でテスターを嗅がせてもらったときよりも柔らかく包み込むような匂いに感じるのは、ショーン自身の体臭が加わっているからだろうか。

「君がミユキ・クオンジ？」

ショーンは眦《まなじり》の下がった目を細め、優しく美雪に話しかけてきた。

想像以上に背が高く、ガッチリとした体格が意外だった。

黒いジャケットを羽織り、インナーの白いシャツの胸元は大きく開かれている。そこから覗《のぞ》く肌や厚めの唇がセクシーで思わず目が行ってしまう。

スクリーン越しでは伝わりきらないセックスアピールがものすごい。滴り落ちるような色気とはこういうことを云うのだと、生まれて初めて体感した。

「ははははい！　あのっ、ええと、は、初めまして——」

美雪が裏返りがちな英語でそう返すと、両手で手を握られた。

「今日は時間を作ってくれてありがとう。この日をずっと心待ちにしてたんだ」

「……！」

力強く手を握られ、ふわーっと意識が遠のきかける。手の平から伝わる体温とすらりとした指の滑らかな感触。妄想していた以上の歓迎に天にも昇る気持ちになった。

（どどどうしよう、本当に本人だ！　本物のショーン・ブラックウェルだ……!!）

リアルな肌の感触にごくりと喉を鳴らす。推しとの遭遇という僥倖《ぎょうこう》に舞い上がらない人間などいるだろうか。いや、いるまい。

力が抜け、へたり込みそうになる両足をどうにか踏ん張った。こんなところで気絶してしまったら勿体《もったい》ない——もとい、失礼すぎる。

本人に会ったら色々と云いたいこと、聞きたいことを考えていたけれど、実際に目の前にすると頭が真っ白になりろくな言葉が出てこなかった。

（しまった、手汗が……！）

緊張で汗ばんだ手の平を服の裾《すそ》で拭く間もなく握手をされてしまったことに気がつき、焦りを覚える。

気持ち悪く感じていないか心配になったけれど、ショーンは不快感などおくびにも出していない。何とできた人間だろう。

「こうして君に会えて本当に光栄だよ」

ショーンはそう云うが、光栄なのは自分のほうだ。

「い、いえ、こちらこそ……」

シミュレーションしていたようには上手く言葉が出てこないが、どうにか英語で会話ができている。まだ夢でも見ているのではという気持ちが拭えない。

日常会話程度の英語ができるのは、母親がいつかアメリカ人の父親に会ったときに話ができるようにと幼い頃から熱心に教えてくれていたお陰だ。

自分たちを捨てた父親に会いたいなどと露ほども思ったことはなく、億劫《おっくう》に感じたこともあったけれど、こうしてショーンと会話ができることには感謝しかない。

「あの、監督は――」

「監督なんて水くさいな。ショーンと呼んでくれ。俺もミユキと呼んでいいだろうか？」

「も、もちろんです！　しょ、ショーン」

「ありがとう、ミユキ」

「……っ」

甘いバリトンが自分の名前を発するだけで、美雪の心臓は爆《は》ぜてしまいそうだった。

（しかも、僕からも呼び捨てにしてしまった……）

本人の希望ではあるけれど、本当にいいのだろうかと落ち着かない。

「すまない、立たせたままでは失礼だったね。そちらに席を用意してもらってるんだ」

「……！」

さりげなく腰に手を添えてエスコートされ、悲鳴を上げそうになった。

周囲の客からチラチラと視線を感じる。美雪とのやり取りで、ショーンの正体がバレてしまったのだろう。舞い上がってしまい、配慮が足りなかったことを反省する。

さっきショーンが座っていた正面のソファに案内され、緊張したまま腰を下ろす。

（やっぱり、夢なのでは？）

世界を代表する映画監督が、一般人でしかない美雪に会うためにわざわざ来日したなんて正直信じがたい。

アラームが鳴らずに寝坊し、夢の続きを見ているのだと云われたほうが納得がいく。だが、ベタに手の甲を抓《つね》ってみると、間違いなく痛い。

「何か飲み物を頼もうか。アルコールは平気？　ノンアルコールのほうがいいかな」

「あ、はい。何でも飲めます！」

強いというほどではないが、人並みに酒は飲める。むしろ、アルコールを摂取して、この緊張を少しでも緩めたい。

（たっか……！）

ショーンが手渡してくれたメニューを見た美雪は、カクテルの値段に驚いて俄《にわか》に冷静になった。

こういう場所は割高になっているとわかっていたけれど、いざ目《ま》の当たりにすると腰が引けてしまう。普段ならおいそれと出せる額ではないけれど、一生に一度の機会なのだから懐具合を心配している場合ではない。

「じゃ、じゃあモヒートで……」

比較的安いものにしておこうと思ってしまう庶民の性《さが》が悲しい。とりあえず、美雪は緊張でカラカラになった喉を潤そうとお冷やのグラスに手を伸ばす。

「あっ」

手が震えているせいで、グラスを倒してしまった。水がテーブルから滴《したた》り落ちるよりも早く、スタッフが忍者のように飛んできた。

一瞬のうちに何ごともなかったかのように片づけられ、さすがハイクラスのホテルだと感心する。

「すみません、緊張してて……」

「わかるよ、俺もすごく緊張してる」

「え？　どうしてですか？」

「素晴らしい作品を書いたクリエイターに会えると思ったらドキドキして当然だろ？」

「……っ」

ただの一ファンであり、二次創作の書き手である美雪を『クリエイター』と云ってくれるショーンに衝撃を受けた。

トップクラスのクリエイターは、自分以外の創作者に対してリスペクトを惜しまないのだろう。

「そういえば、仕事が終わってからまっすぐ来てくれたんだよね。お腹《なか》空いてるんじゃない？　何か食べるものも頼もうか」

「いえ、大丈夫で――」

最後まで云いきる前に、ぐううとお腹が鳴ってしまった。美雪は恥ずかしさに顔が真っ赤になる。間の悪い自分の体が怨《うら》めしい。

「実は俺も空腹だったんだ。てきとうにつまめるものをいくつか取るよ。すみません――」

ショーンはカクテルと軽食を頼み、ふと思いついたようにウェイターに訊《たず》ねた。

「そうだ。下にあるパティスリーのケーキは頼める？」

「はい。ただいまサンプルをお持ちします」

「ありがとう。来るたびに気になってたんだけど、なかなか食べる機会がなくて。こう見えて、甘いものに目がなくてね」

「知ってます！　ミルクチョコレートが一番好きなんですよね？　日本から帰るときは市販のチョコレート菓子を買い込んでいくって聞きました！」

子供みたいで恥ずかしいと隠しているつもりのようだが、キャストからのチョコレート菓子の差し入れに一番喜んでいたというレポートも目にしたことがある。

「へえ、俺のことをよく知ってるんだね」

「あっ、すすすすみません！　ストーカーみたいで気持ち悪いですよね……」

知っているネタだったため、つい食いついてしまった。空気を読まずに知識を口にしたくなるのはオタクの悪い癖だ。

「気持ち悪いなんて思わない。興味を持ってもらえてるって光栄だよ。その様子だと自己紹介は必要ないかな。俺の大概のことは知ってるようだね」

「そ、そんなことは……」

公式に出ている推しの情報なら大方網羅しているという自負はあるが、自分などまだまだだ。

ショーン・ブラックウェル——今年三十二歳になる新進気鋭の若手監督。

祖父は伝説的な映画監督のスティーブン・スターリング、その娘である母ソフィア・スターリングも大女優だし、父デイビット・ブラックウェルはダンディな大人の色香が売りのアクション俳優だ。

弟のイアン・ブラックウェルはあらゆる賞を総なめする勢いの実力派俳優だし、妹のレイシー・ブラックウェルは人気シンガーでティーン世代に崇拝されている。

いまをときめくセレブ一家だ。

ショーン自身も子役としてキャリアをスタートさせたが、二十五歳のときに突然引退したかと思うとその数年後、映画監督として自身の作品を発表し始めた。

家族構成だけでなく、好きな食べ物、ゲーム、アニメ、お気に入りのブランドに最近のマイブームくらいなら把握している。

インタビューが載った雑誌は可能な限りアメリカから取り寄せているし、ＳＮＳは本人だけでなく、彼の家族や友人、スタッフのものも全てフォローし、巡回するのが美雪の日課だ。

「知りたいことがあるなら、何でも訊いて」

ありがたい申し出だが、知りたいことがたくさんありすぎて質問が絞りきれない。そこで美雪は、一番の疑問をぶつけてみることにした。

「あの、どうして僕なんかに会いにこようと思ったんですか？　こんな遠い日本までわざわざ——」

例えば、顔を合わせて話がしたいならインターネットを介してビデオ通話をしたらいいだけだ。

「もちろん、君の作品が素晴らしかったからだよ。初めて読んだ瞬間、これを書いた人に直接会って話がしたいって直感で思ったんだ。相手の貴重な時間を割いてもらうのに、こちらの都合に合わせて場をセッティングするのはおかしいだろう？」

「きょ、恐縮です」

美雪とショーンでは、忙しさが比べものにならない。

だけど、多忙さを云い訳にすることなく、飽くまで対等な人間として誠実に接しようとしてくれていることに感動してしまう。

「君の作品には本当に感銘を受けたんだ。あんなふうに主人公の内面を汲《く》み取ってくれてるなんて感激した。強引に会う約束を取りつけてしまったけどやっぱり迷惑だったかな？」

「いえ、そんな！　むしろ、会ってくださって感謝してます！」

「本当に？」

「僕はあなたの作品のお陰で毎日頑張れるんです。どの作品も大好きなんですけど、とくにザプロ

――『ザ・プログレス』をこの世に生み出してくださって感謝してます……！」

思わずオタクの略称を口にしかけてしまう。

美雪の熱弁に、ショーンは目を丸くしたあと破顔した。

「俺の作品を本当に愛してくれてるんだね。君みたいなファンがいてくれたから、あのシリーズを作り続けることができたんだ。感謝してるのは俺のほうだよ」

穏やかな返答に、はたと我に返る。オタク特有の早口で捲《まく》し立ててしまったことに気づき、恥ずかしくなった。

（会いにきてよかった……）

初めはショーンに会うことに、躊躇《ためら》いの気持ちがあった。どうしても信じがたい気持ちがあったし、本物だとしたら彼に会うだけの価値が自分にあるのか自信がなかったからだ。

美雪の二次創作作品を気に入ってくれたのが本当だったとしても、それは思いがけない偶然の産物であり、奇跡的な一つの僥倖にすぎない。

作品について話がしたいと云われても、大層な構想などない。

いざ話をすれば、ショーンを落胆させてしまうことは目に見えていた。そうなるくらいなら、いっそ会わないほうがいいのではと考えていたのだ。

（神様……いや、雨音《あまね》様ありがとう……）

迷う美雪の背中を押してくれたのは、十年来の親友・柏木《かしわぎ》雨音だ。

『美雪はただのファンで素人《しろうと》なんだから、ハリウッドの第一線で活躍してる人と同じレベルなわけないでしょ。彼だってそんなことわかってると思うけど』

彼女の冷静な意見に、なるほどと納得することができた。プロの意見が聞きたいなら、美雪に声をかけることはない。

彼の期待に応えられるかどうかは考えず、一生の思い出として幸運を享受することにしたのだ。感謝の言葉を直接本人に伝えることはできた。いま死んだとしても思い残すことはない。

「それにしても、俺が本物だと信じてもらえてよかったよ」

そう云って笑うショーンに肩身が狭くなる。

「すみません、しつこく疑ってしまって……」

「いや、警戒心を持つのはいいことだ。最近は怪しいやつらも多いからな」

「でも、正直いままでも信じられなくて夢じゃないかと思ってます」

この非現実としか思えない事態の発端は、美雪が二次創作をアップロードしている投稿サイトに届いた一通の英語のダイレクトメールだった。

――君の作品に感銘を受けた。一度会って話がしたい。

いきなり会いたいなどとメッセージを送ってくるような人間は、一般的にトラブルメイカーでしかない。だから、美雪も最初は無視しようと思っていた。しかも、ショーン・ブラックウェルという記名があり、質の悪いイタズラだろうと判断した。

だが、そうやって無視していても、メッセージが何通も繰り返し送られてくる。

文面に真摯《しんし》なものを感じ、もしかして…という気持ちで恐る恐る返信し、イタズラではないという証拠を求めたらショーンの自撮りが送られてきた。

見たことのない写真だったけれど、フェイクの可能性を考えてネットに上がっている写真を画像検索にもかけてみた。

疑う余地もなく、本物だとわかったときはパニックに陥ったが、何度かのやり取りを経たあと直接会うことになった。それが今日というわけだ。

「こうして目の前にいるのに？　幻じゃないって、触って確認してみる？」

「い、いえ、そんなことをさせてもらうわけには……！」

触ってみたい誘惑に駆られたけれど、相手は生身の人間だ。易々《やすやす》とそんな言葉に甘えるわけにはいかない。

「でも、夢のようだって気持ちは俺も一緒だ。こうして君と話ができる機会を得られて感謝してる」

ショーンの大仰な言葉に恐縮してしまう。たまたま一作が琴線に触れたからといって過大評価しすぎてはいないだろうか。

「あの！　聞きたかったんですけど、どこから僕の作品に辿り着いたんですか？」

「俺が気に入りそうなファンフィクションがあるって、知り合いがアドレスを送ってきたんだ」

「ショーンもファンフィクとか読むんですね」

「ファンの視点は貴重だ。作品数が膨大だから全てに目を通すことはできないけど、評判になってるものは教えてもらって大体読んでるよ」

「そ、そうなんですか」

　原作の中ではあり得ないキャラクター同士の恋愛模様が描かれているものもあるけれど、そういうものにも目を通しているのだろうか。

「君がこちらのプラットフォームを利用してくれていてよかった。日本語だったら読めなかったからな。けど、母国語は日本語なんだろう？　いつもああやって英訳して投稿してるの？」

「いえ、あれは誰かが勝手に英語に翻訳して、あのサイトに投稿したんです」

「えっ、無許可だったってこと？」

「そうなんです。突然、英語のメッセージがたくさん届くようになってびっくりしました」

　普段使っている投稿サイトでは元々閲覧数も少なかったのだが、ある時期から驚くくらいのコメントをもらうようになった。

　そのほとんどが英語だったため不審に思い、調べてみたところ向こうのファンフィクションサイトに転載されていたというわけだ。

　無断で英訳し転載した人物は、わざわざ元の掲載ページを併記していたため、本来の掲載元に辿り着いたようだ。

　たくさんの人に読んでもらえるのはありがたいが、無断転載は歓迎できない。

削除してもらう方法を調べていたところ、ショーンからのメッセージが届いてそれどころではなくなってしまった。

「君の作品は本当に素晴らしいよ。俺が書きあぐねていたものが全て入っている。とくにレミントンへの理解の深さに感心した。ストーリーがシンプルだからこそ、彼の心情がより伝わってくるんだろうな」

「あの、ええと、ありがとうございます」

ショーンの過分な褒め言葉に何と返せばいいのかわからない。気恥ずかしさのあまり、しどろもどろになってしまう。

「どうして彼をああいうふうに描いたのか知りたい。それとあのオリジナルキャラクターもよかったな。真の相棒といった存在なのがいいね。彼の傍にはああいう理解者がいて欲しいと思いながら読んだよ」

オリジナルキャラクターを褒められ、美雪は居たたまれなさに小さくなる。

「いや、その、あれはええと……」

自己投影した上、スペックを上げまくったキャラクターだと原作者であるショーンに知られるのは、やはり気恥ずかしい。

最初のうちはレミントンが献身的にサポートする相棒の捜査官との関係を掘り下げたボーイズラブテイストの作品を書いていた。

けれど、レミントンに尻拭いばかりさせている捜査官は彼に相応《ふさわ》しくないように思えてきて、自分ならもっと彼のことをわかってあげられるのに、という気持ちが湧き上がってきた。

その衝動のままに書いたのが、自分を投影したキャラクターとレミントンとが邂逅《かいこう》する物語――いわゆる夢小説というやつだ。

恋愛色が薄かったからか最初のうちは閲覧数が伸びなかったが、二次創作は人に読まれることをとくに意識せず、ただ自分のために書いている。

映画ではレミントンの生死はわからないまま終わった。

生きていて欲しいという願望から、姿を消した彼は名前を変え、別人として知らない街で暮らしているという設定で書き始めた。

主人公は組織で分析官の見習いをしていたオリジナルキャラクターの女性だ。彼女はレミントンを尊敬しており、彼が死んだと思われたあとも行方《ゆくえ》を捜していた。

居所を突き止めた彼女は組織には告げず、レミントンに会いにいく。心身共に傷つき、燃え尽きていた彼はただ息をするだけの屍《しかばね》のようになっていた。

このままではまずいと彼女は組織を辞め、田舎にある自分の実家にレミントンを連れていくことにした。いきなり大家族の中に放り込まれて戸惑いつつも、家族の一員のように扱われ、徐々に生気を取り戻していくレミントン。

やがて、家族の経営するダイナーで料理人として働くようになる。レミントンの料理は絶品だと評判になり、店はますます繁盛していった。全力で事件解決に当たりながらも常に一歩引いた立ち位置で評価を求めずにいたレミントンだったが、誰かに認められ、感謝される充足感を初めて知る。

ある日、組織の人間がレミントンの居場所を探し当てて連れ戻しにやってきた。だが、いま帰してしまったら、また彼は自分を押し殺して無理をしてしまう。だから、主人公は彼らが顔を合わせる前に追い返そうと躍起になる。

そんな彼女の姿に胸を打たれたレミントンは、自分の人生を見直したいと組織との決別を告げる。そこで初めて彼は自分の本心と向き合い、無意識に押し殺していた感情を溢《あふ》れさせる——というストーリーだ。

彼はずっと育ての両親の敵を一人で追い、大勢の命がかかったような事案も一人で解決してきた。自他共に強い人間だと思ってきたのだろうが、本来は一人で抱えきれるものではない。

正義感が強く、機転も利く。クールで自信家だが、弱者には優しく滅私で他者に尽くす思い遣《や》りに満ちた尊敬すべき人物。だが、そんな彼も一人の人間だ。

実の父親との因縁に終止符は打てたけれど、これまでの心の傷が一瞬で治るわけもない。とくに唾棄すべき人間の血を引いているという嫌悪感はそう簡単に拭うことはできないだろう。

シリーズ中、一言だけ「自分が生まれたことが罪だ」という台詞《せりふ》があった。あれこそが彼の苦悩であり、本心ではないだろうか。

彼の気持ちに寄り添いたい——そんな想《おも》いを込めて、美雪はあの話を書き上げた。

　そのこと自体、恥ずべきことではないのだが、原作者相手にそれを告げるのはさすがにおこがましい。

「お待たせしました」

　答えあぐねているところにウェイターがやってきて、美雪はホッとした。

　カクテルが運ばれ、サンドイッチとチーズの盛り合わせがテーブルに並ぶ。

「まずは食べようか。君との出逢いに乾杯」

「……っ」

　グラスを掲げるだけでも様になる。さっきから俯《うつむ》いてばかりいるのは、ショーンが格好よすぎるからだ。

　ただでさえ彼の眩《まぶ》しさに目がチカチカするのに、うっかり視線が合ってしまうとダメージが爆上がりする。瞬時に心臓が止まってしまってもおかしくはない。

「そうだ。君のことも教えて欲しい。俺のことばかり知られてるのは不公平だと思わないか？」

「えっ、でも、わざわざ教えるほどのことは何も……」

「小説はどこかで勉強したの？　言葉選びもだが、構成も見事だった」

　知りたいのは創作関係のことだとわかり、なるほどと納得する。

(そうだよな、知りたいのは僕自身のことじゃなくて作品に関することだもんな)

　ショーンはクリエイターとしての美雪に会いたいと思ってくれたのだ。アイデアの出し方や創作方法などを知りたいのだろう。

「ほとんど独学です。でも、少しだけ出版社の編集者にお世話になったことがあって、書き方の基本的なルールとかは教えてもらいました」

　大まかに説明しながらも、美雪の脳裏には苦い記憶が蘇る。

「出版社？　やっぱり、ミユキはプロだったのか？」

「いえ！　ちょっとだけそういう話があったんですけど、結局は上手くいかなくて」

　あまりいい思い出ではないため言葉を濁す。出版予定はあり、一度は広告も出してもらった。だが、個人的な問題があって頓挫《とんざ》した。

　それ以前にも、応募した新人賞で佳作を取ったこともある。そのときの審査員の評はどれも『綺麗にまとまりすぎている。本当に何が書きたいのかが見えてこない』といった内容ばかりだった。

「でも、プロ志望だったってことだろ？」

「そうですね。自分の書いたもので食べていけるようになれたらいいなとは思ってました」

　もちろん簡単にプロになれるとは思っていなかったけれど、夢見ている時期はあった。

「君ほどの力があれば、商業作品に相応しい作品が書けるはずだ。上手くいかなかったのは、担当者の力量が足りなかったんじゃないか？」

「買い被《かぶ》りすぎですよ！　そもそも、あのときは僕の才能を見出《みいだ》してもらったわけじゃなかったというか……」

「なるほど。担当者との相性もあるしな。もうオリジナル作品は書いてないのか？」

「いまはファンフィクションだけです。仕事もあるので、それだけで手一杯で」

時間がないのもあるけれど、オリジナル小説を書こうとすると不快な記憶が蘇ってきてしまうのもあって、いまは一切考えることもしていない。

ショーンは美雪が言葉を濁したことを察したのか追及はしてこなかった。

「君の作品が大勢に読まれる機会が失われたのは残念だが、その代わりに君が僕の作品に出逢えたわけだから、運命には感謝しないとな」

「そんな！　大袈裟《おおげさ》ですよ」

ショーンはいちいち言葉が大仰だが、アメリカ人故だろうか。きっと、相手に気持ちよく話をさせるためのリップサービスもあるのだろう。

「――直接会いたかったのは、大事なお願いを伝えたかったからもあるんだ」

居住まいを正したショーンの顔を見ると、怖いくらいに真剣な表情になっていた。

「お願い、ですか？」

ハリウッドが誇る映画監督のショーンがわざわざ海を渡り、一介のファンである美雪の元に来てまでするお願いとは何なのだろう。

（ファンの意見を聞きたいとか？　でも、それなら僕じゃなくたっていいもんな）

どんなに考えても、可能性すら思いつかない。

「あの話を映像化させてもらいたい」

「は？」

「『ザ・プログレス』の正当な続編として、君の書いた小説を原作に映画を作りたいんだ」

突然云われた言葉に頭が真っ白になる。

（僕の小説が続編？　原作？　映像化？　ショーンは何を云ってるのかな……？）

頭がついていかない美雪に、ショーンは一人語り続ける。

「もう続編を作る気はなかったんだけど、ああいうアプローチならありだと気がついたんだ。あの作品は自分と向き合い過去を乗り越えていくことが大きなテーマだったわけだけど、あの終わり方だと主人公の苦悩が軽く見られかねないことが気になっていてね。乗り越えられたから、大したことのない傷だったとは思われたくないんだよ。だから、君の書いていた――」

「ちょ、ちょっと待ってください！　あれを映像化なんてとんでもない！　僕の書いた二次小説なんかを監督に映像化してもらうなんておこがましすぎます」

とんでもないお願いに、美雪は青くなりながら即座に首をぶんぶんと横に振った。

（絶対に無理だって）

ショーンの申し出は光栄すぎるほどだ。嬉しくないわけがない。だが、それ以上に恐ろしく、美雪は血の気が引いていた。

そんなことを無邪気に口にできるのは、原作者だからこそだろう。

「映画にするのに何か支障があるかな？」

「支障というか何というか、ファンフィクションを公式の物語に採用するのはあまりいいことではない気がして……」

「そうか？　人気の出たファンフィクションが映画になった例はある。あれは同じシリーズでなく、名前を変えてオリジナルとして再構成されたんだったか？」

　アメリカでは一次作品と二次作品の境目が薄いのかもしれないが、美雪にしてみたら越えてはならない境界だ。

　二次創作は二次創作であって、公式になってはならないのだ。二次で流行《はや》った設定が公式に逆輸入されることもあるけれど、あれだって善《よ》し悪《あ》しだ。

　元々あった裏設定と二次創作の流行がかぶっただけだろうと思われるものが多いけれど、まったく関連のない設定を後づけで足されるともやもやしてしまうファンもいる。

　昨今、公式側が二次創作を把握していないなんてことはあり得ないとわかっている。だが、やはり一線は引いておいて欲しいのだ。

（僕って面倒くさいオタクだな……）

　自己嫌悪に陥るけれど、信念は変えられない。美雪にとって作品を愛するということは、趣味ではなくアイデンティティなのだ。

「そういった前例があるのは知ってますけど、僕の小説はそういうことに向いているとは……」

「日本人は本当に控えめだな。もっと自分に自信を持ってもいいと思う」

「いや、自信とかそういうわけでは――あるかと云われるとあんまりないんですけど、今回の件はそれとはちょっと違うというか――」

どれだけファンにとって尊い存在で、いかに崇めているかを、いわゆる〝本尊〟に説明するのは難しい。

そもそも、一介のオタクの二次創作が公式として映像化されたときの界隈《かいわい》の反応も恐ろしい。諸手《もろて》を挙げて歓迎する人たちばかりじゃないのが目に見えている。

公式は公式、ファンはファンとして棲《す》み分けるべきだと思うのだ。万が一炎上しても責任など取れない。

（想像するだけで恐ろしい）

最悪の場合、美雪だけが矢面に立つならいい。だが、そんな選択をしたショーンが責められ、叩《たた》かれることがあったりしたら後悔してもしきれない。

自分を含めてだが、『ザ・プログレス』のファンは面倒くさい。熱烈で献身的だからこそ、こだわりが強いことを身に染みて知っている。

「まあ、急に云われても驚くか。いますぐに返事をくれとは云わないから、よく考えてみて欲しい」

「え、いや、本当にお気持ちはありがたいし光栄すぎるお申し出ではあるんですけど、お断りさせていただきたく――」

「そうだ。一度、俺の職場に来てみないか？　スタジオや撮影現場を案内するよ」

「いいんですか⁉」

美雪は深く考えずに、目の前に出された餌に飛びついてしまった。基本的に引っ込み思案で消極的なくせに、推し作品のこととなると正気を失ってしまう。

「もちろん。君にはもっと作品への理解を深めてもらえたらと思ってるし、俺ももっとたくさん話がしたいから。そのほうが映像化のイメージも持ちやすいだろう？」

「うっ、でも、その件は……」

「もちろん最終的に断ってくれても構わない。まずは俺の構想と理想を知って欲しいんだ。その上でダメなら諦めるから、もう少しだけ、俺につき合ってもらえる？」

まっすぐに見つめてくる瞳から目が離せない。こんなふうに口説かれて、首を横に振れるわけがなかった。

「……わかりました。それなら、お言葉に甘えさせてもらうことにします」

「よかった！　近いうちに飛行機のチケットを送るから、君のスケジュールと住所を教えてくれ」

美雪としては断ったつもりだったのに、ショーンの熱心さに返事を保留する形にしてしまった。

（まあ、いいか。最後に断ってもいいって云ってるし……）

こんな機会、二度と巡ってはこないだろう。少しくらい自分勝手になったって罰《ばち》は当たらないはずだ。色んな意味で夢心地が覚めないまま、美雪は手元のカクテルを飲み干した。

3

「ショーン、聞いてます？」

美雪はタクシーの後部座席でショーンに詰め寄った。さっきから妙に呂律《ろれつ》が回らず、舌足らずになってしまう。

「わかった、わかった。君がどれだけ〝ショーン・ブラックウェル〟を好きなのか、よく思い知ったよ。君は酔っ払うと能弁になるタイプなのか。ちょっと飲ませすぎたな」

ふわふわとした心地よさを感じている美雪の耳に、苦笑交じりの独り言が聞こえる。普段より酒量は多かったが、そこまでではなかったと思うのだが。

「本当にわかったんですか？　いいですか？　僕の世界はいま、ショーンを中心に回ってるわけですよ。色んなことが嫌になっちゃってもショーンがいるから毎日頑張って生きてるんです」

「まったく、ずいぶん熱烈だな」

ショーンの揶揄するような口調に、美雪は苛立ちを覚える。笑って聞き流される程度の想いではないと、どうにかしてわかってもらいたい。

「僕は真剣に云ってるんです！　ショーンは命の恩人なんです」

「それは〝俺〟じゃなくて、〝俺の映画〟だろう？」

「その映画を作ったのはショーンじゃないですか」

「俺だけじゃなくて、たくさんのスタッフと作り上げたものだよ」

「でも、あの台詞はショーンが書いたんですよね？　『どんな選択肢を選んだって多かれ少なかれ後悔するんだ。だったら、僕は自分ができることをしたい。自己満足で何が悪い』」

　数え切れないほど聞いて暗記してしまった台詞だ。淡々と告げられる何てことのない言葉が、美雪の胸に深く突き刺さった。

「自己満足って云いながら人のために働いてばっかりで、貧乏くじを引いてるレミントンにめちゃくちゃ泣けて。それにどんな選択肢を選んでも後悔するっていうのを聞いて、楽になりました」

「それはどうして？」

「うじうじした性格だから、あのときああすればよかった、ああ云えばよかったって細かいことを気にしちゃうんですけど、選ばなかった選択肢でも後悔するならもうどうしようもないなって気持ちが軽くなったんです」

　完全に開き直れたわけではないけれど、必要以上に自分の行動を気に病むのはやめようと思うことができた。

　過去のことは反省できても、やり直すことはできない。性格は変えられなくとも、意識的に前を向こうと思えたのだ。

「――実は俺も昔、それを人に云われて救われたんだ。云ってくれたのはゲーム好きのオタクなんだけど」

冗談めかした云い方だったけれど、大事なことを教えてくれているのは伝わってきた。

「……あなたにとっても、大事な言葉なんですね」

やはり、『ザ・プログレス』は美雪にとって人生のバイブルだ。

「俳優のショーンも大好きですけど、僕としてはあなたが監督になってくれてよかったなって思います」

「そんなふうに云われたのは初めてだ」

「そうなんですか？」

「いつだって、どうして俳優を辞めたんだ？　監督をしながら演じればいいのにって云われるよ」

「そんなことを云う人がいるんですか？　そりゃ俳優のショーンも見られたら嬉しいですけど、監督一本でやっていこうって決意してくれたから、僕たちはショーンの映画が見られるわけで、その決断を否定するなんておこがましくないですか？」

芝居をしていた彼も素敵だったけれど、彼の選択を否定するようなことを本人に告げる人間には腹が立つ。そんな重要な選択を、ショーンが軽々しくしたと思っているのだろうか。

「俺の代わりに怒ってくれるなんて、やっぱり君は面白《おもしろ》いな」

「そんなことないですよ――わっ」

今日のタクシーは運転がやや荒く、シートベルトをしているにも拘わらず美雪の体は傾いた。そのせいで隣のショーンにもたれかかる体勢になる。

ショーンの匂いと洋服越しの温《ぬく》もりに、美雪は思わずドキドキしてしまう。

「大丈夫？」

ショーンが心配そうに顔を覗き込んでくる。あり得ないほどの至近距離に顔があって、ぼーっと見入ってしまった。

（顔がいい……）

彼のことは容姿で好きになったわけではない。作品や映画を撮ることへの姿勢、ファンやスタッフを大事にする振る舞いにリスペクトを抱いた。

だが、それはそれとしてショーンの顔のよさには感動してしまう。神様は最高のクリエイターだ。

役者をしていた頃の出演作は全て見た。画面いっぱいに映る彼の顔は何度も見てきたけれど、実物の輝き方は別格だった。

ティーンの頃の瑞々《みずみず》しい輝きも魅力的だが、年齢を重ねたいまのショーンは蠱惑《こわく》的な大人の色気に満ちている。

「そんなに見つめられると困る。キスしたくなるだろう」

苦笑しながらのジョークも色男が過ぎる。

「ショーンがしたいならいいですよ」

するりとそんな言葉が口をついて出た。彼に求められて拒める人間が、この世に何人いるだろう。

「こら、そんなこと気安く口にしちゃダメだ。男にはいつでも下心があるんだから」

「僕だって下心くらいあります。ショーンだって軽々しく僕みたいなファンに会うのはいいことじゃないですよ」

まるで子供のように諭《さと》されたことに幾ばくかの反抗心が生まれ、美雪は思わず云い返してしまった。

ショーンから見たら自分など若輩者にしか見えないのかもしれないが、これでも成人男性だ。

「本当に？　どんなこと考えてた？」

「上手いこと云ってサインがもらえたらとか、取り入って次回作の情報が聞き出せないかとか、いいように利用されるかもしれないんだから気をつけてください！」

「それは……確かに危ないね。気をつけるよ」

ショーンは反省の弁を述べているけれど、含み笑いをしている気がする。何かおかしなことを云ってしまっただろうか。

「僕は真面目に忠告してるんです」

「ありがとう。でも、君のキスの対価ならサインも情報も安いものだよ」

「そうなんですか……？　僕のキスなんて何の価値も……あっ、でもいまはダメです！　歯磨きしてない」

お酒もいっぱい飲んだし、バーニャカウダも食べてしまった。こんな状態で推しとキスをするわけにはいかない。

とうとう我慢できなくなったのか、ショーンは声を立てて笑った。

「まったく君は、そんな顔したらつけ込みたくなるだろう。参ったな、こんなつもりじゃなかったのに」

「僕、迷惑かけてますか？」

「いや、そうじゃない。俺個人の問題だ」

「個人？」

その意味を訊きたかったのに、タクシーが乱暴に停《と》まりタイミングを逸してしまった。

「お客さん、着きましたよ。ここで大丈夫ですか？」

「ミユキ、君の家はここ？」

「あれ？　どうして家の前にいるんだろ」

「大丈夫みたいだ。ありがとう、助かった。彼を送ってくるから、ここで待っててくれ」

「わかりました」

ショーンはカードで料金を精算し、美雪を抱えてタクシーを降りた。

「らいじょーぶです。一人で歩けます」

「そんな足取りで何を云ってるんだ」

ショーンに抱きかかえられ、歩こうとする。自分で歩けると云おうとしたけれど、思った以上に力が入らなかった。

アパートの階段を上《のぼ》りながら、美雪は悲しい気持ちになる。夢のような時間はあっという間に終わりを告げるのだ。

「もうウチに着いちゃった……。云いたいことまだたくさんあるのに」

「それは光栄だな。今度ゆっくり聞かせて欲しい。できたら、素面《しらふ》のときに」

「今度っていつですか？　もう二度と会えないのに」

「アメリカに招待するって云っただろう？」

「あれは社交辞令じゃないんですか？」

「俺は本当のことしか云わないよ。まさか、君の返事は社交辞令じゃないよね？」

「聖地巡礼ができる機会を逃すわけないじゃないですか！　絶対、約束ですからね」

「ああ、約束だ」

優しい微笑みと柔らかな声音にうっとりする。嘘《うそ》のような幸せな時間。叶うならば、一秒でも長く見ていたい。

「そうだ！　うち、寄っていきますか？　めちゃくちゃ狭くてびっくりすると思いますけど」

世界的な映画監督を招くに相応《ふさわ》しい部屋ではないけれど、話をするだけなら問題はない。

「ありがとう。そうしたいけど、今夜はやめておくよ」

「……そう、ですか」

「そんな顔をするな。またすぐに会える。改めて連絡をするから待っててくれ。今日は会えてよかった」

「！」

頬《ほお》にキスをされ、美雪は思わずぎゅっと目を瞑《つむ》る。

「おやすみ、いい夢を」

「……はい」

別れの挨拶《あいさつ》すら、映画のワンシーンのようだ。美雪は夢心地で返事をする。こんなできごとが現実にあるはずがない。やはり、これは夢の続きなのだろう。

「――ぎゃっ」

夢現《ゆめうつつ》の中、頬に押し当てられた唇の感触を思い出して飛び起きた。謎の焦燥感に心臓がバクバクしている。

（いま、ものすごい夢を見てたような……）

しかし、美雪の目の前には何も映し出されていない真っ暗なテレビの画面があるだけだ。

その夢というのは、ショーンがタクシーで自宅まで送ってくれて、「おやすみ」と美雪の頬にキスをして帰っていったというものだ。しかも、美雪のアパートの部屋の玄関先で。

「そもそも、どうやって帰ってきたんだっけ……？」

気がついたら、美雪は自分の部屋のベッドに倒れ込んでいた。

ホテルのバーをあとにしてからの記憶がほとんどない。勧められるがままにカクテルをお代わりしたせいで、いつになく酔っ払ってしまったようだ。

我に返ってから確認すると、ちゃんと玄関のドアには鍵もかかっていた。無意識に施錠していたようだ。

パソコンデスクの上には、朝に家を出るときに片づけそこねた飲みかけのコーヒーが入ったマグカップがある。

普段どおりの光景に、ショーンに会ったことすら夢のようにしか思えなかった。

お酒や食事は全てご馳走《ちそう》になってしまった。美味《おい》しかった気はするが、舞い上がっていたせいで味の記憶も残っていなかった。

（というか、途中からカクテルの味どころか話した内容も覚えてない……）

普段の美雪ならあんなふうに酔っ払うことはないのに、緊張していたせいで酒量をコントロールできなかった。

何と勿体ないことをしてしまったのだろう。こんなことなら一部始終を録音しておけばよかったと後悔し、すぐにそれは犯罪だと思い直す。

「雨音に報告しなきゃいけないのに……そうだ、報告！」

自分の言葉に友人との約束を思い出す。美雪はスマートフォンを取り出し、まだ彼女が起きている時間であることを確認してから、愛嬌《あいきょう》のある犬のアイコンを選び通話ボタンをタップした。

コール音はすぐに途切れた。

「ごめん、雨音！　遅くなった！」

相手の言葉を待つことなく謝罪する。

『もー！　やっと連絡来た！　心配してたんだからね。美雪、大丈夫？　生きてる？』

彼女とは中学生のときからのつき合いで、同じ漫画やアニメが好きなことで親しくなった。西洋人のような外見を気にして小さくなっていた美雪が楽しく学校生活を送れるようになったのは、偏《ひとえ》に雨音のお陰だ。我が道を行く気《き》っ風《ぷ》のいいタイプで、美雪にとっては姉のような存在だ。

「もしかしたらもう死んでるのかも……」

今夜のできごとが現実だったとは思いにくい。夢か幻だと云われたほうが納得がいく。

『死ぬのはまだ早いでしょ。その様子だと、本当に会えたみたいね』

「うん、本物だった。めちゃめちゃいい匂いがして、握手した手も温かくて力強くてさ、あの手で脚本を書いて撮影してるんだよ？　すごくない？」

『はいはい、落ち着いて』

「写真とかで見るより格好よくて、ずっとにこにこ笑ってくれてたんだけど薄暗いラウンジで嘘みたいに輝いて見えた。フェロモンダダ漏れで近くにいるだけでくらくらした」

　ぼんやりしている記憶を必死に手繰《たぐ》り寄せる。

『確かにちょっとエロい感じあるもんね。元々俳優だったんだっけ？』

「うん、子役でデビューしてから二十五歳まで役者一本だったんだけど、ずっと作り手になりたかったらしくて名監督だったお祖父《じい》さんが亡くなってからシナリオ学校に通い始めたんだって」

『へえ、それから役者はやってないの？』

「自分の監督作に通行人とかモブ役とかのカメオ出演をすることはあるけど、メインで演じることはないなあ」

『そうなんだ、勿体ない』

「だよね？　十代の頃の映像とかめっちゃ格好よくてオーラ半端ないんだよね。子供の頃からやってたから演じることに満足しちゃったのかなあ」

　ティーンの頃のショーンのアイドル的人気は本当にすごかったらしい。

　パパラッチに四六時中追い回されるだけでなく、ファンの女の子がホテルで待ち伏せしていたり、変質的な贈りものが届いたりすることは日常茶飯事だったようだ。

『そういうこともあるかもね。でも、作る側になってくれたから美雪の好きな作品が生まれたわけだしね』

「そうなんだよ！　ショーンが監督になってくれたからザプロに出逢えたって思うと、その決断には感謝しかない。そのことをもっとちゃんと伝えたかったんだけど……」

『で、ちゃんと愛は伝えられた？』

「うっ……それは全然……。緊張してダメだった……」

ショーンの顔を見るだけで胸がいっぱいになって、言葉が出てこなくなってしまうのだ。

『だから手紙を書いていけばって云ったのに』

「自分の口で伝えたかったんだよ！」

『気持ちはわかるけど、限界があるでしょ』

「痛いほど実感しました……」

帰ってきてから見た夢の中の自分は、ショーンが困るくらい饒舌《じょうぜつ》に愛を語っていた。ショーンに想いを伝えきれなかった後悔があんな夢を見させたのだろう。

『これからだっていくらでも云えるでしょ。いまのうちに原稿でも書いといたら？』

「それいいかも」

棒読みにしかならないが、何も云えずに終わるよりずっといい。

『あ～やっぱり美雪と一緒に行きたかったなあ』

本当ならつき添ってもらいたかったのだが、大企業の総合職でばりばり働いている雨音とはどうしても都合が合わなかった。

「仕事があるから無理だったろ。ていうか、雨音はザプロそんな好きじゃないじゃん」

『推しを前に動揺する美雪が見たかっただけ』

「ちょっと、雨音」

『立場が逆だったら、美雪もそう思うでしょ』

「思う」

友人が推しに翻弄されている様子は微笑ましい。気持ちがよくわかるし、好きなものに目を輝かせている姿に元気をもらえるからだ。

（でも、一人で行ってよかったかも）

緊張で云おうと思っていたことの一割も伝えられなかったけれど、雨音がいたら彼女に頼ってしまって自分の言葉で語れなかっただろう。

「ていうか、大変なことがあったんだって……！」

緊張もあったけれど、何もかも吹き飛ぶような提案をされたのだった。

『ハリウッドの監督が二次創作作家にわざわざ会いにきた以上に大変なことってある？』

「……あのさ、もしかしたら聞き間違いかもしれないんだけど——僕のあの小説を映像化したいって云われた」

『マジで!?』

「マジだったと思うけど、いまとなっては自分の耳に自信がない」

『そっかー、映像化かー。それはやばいね。てか、すごいじゃん！　当然ＯＫしてきたんでしょ？』

「は？　するわけないだろ！　だって二次創作だよ!?　公式を弁《わきま》えて活動するのが二次創作であって、

そんなおこがましいこと承諾できるわけない」

　声を強張《こわば》らせる美雪に、雨音は深々とため息をついた。

『……どうしてそこでそういう自制が働くかな。そこは「喜んで」って云っておくとこでしょう』

「だって……！」

『私は親友の欲目を除いても、あの話は映画にできるくらいいい作品だと思うけど。監督だってそう思ったから、そんなふうに云ってきたんじゃないの？』

「そ、そうだとは思うんだけど……」

　ショーンの申し出はありがたすぎるほどありがたい。だが、素人の一ファンにも譲れない一線があるのだ。

『何が引っかかってるわけ？』

「雨音はさ、もしも自分の好きな作品の続編で、自分以外の誰かの二次創作が公式の物語として採用されたら、それを公式として受け止められる？」

『うーん、公式アンソロみたいな感じで楽しむかな』

「だろ？　僕は多分受け入れられないと思う」

『でも、それが非の打ちどころのない素晴らしい作品だったら？　私は本編にリスペクトがあって、齟齬《そご》がないなら不満はないけどな』

「ライトに楽しんでる作品ならそこまでのこだわりはないんだけど、ショーンの作品はショーンが一から十まで関わってくれてこそだろ？」

　万が一、公式から提示された作品が残念ながら楽しみきれないものだったとしても、それはそれで構わない。ファンはショーンが生み出したものを求めているのだ。

『うわー、面倒くさいオタクだ』

「わかってるよ、そんなこと」

　自分でも気持ちが悪いと重々自覚しているけれど、美雪にとってショーンの作る『ザ・プログレス』は聖典なのだ。

　だからこそ、やはり自分の書いたものが公式の作品として使われるのは違うと思うのだ。

『美雪がそう云うんなら仕方ないか。嫌なことを無理にやって、好きな作品に対してわだかまりができるのも辛《つら》いもんね』

「うん……。あ、映画化はともかく、僕の作品を読んで評価してくれたのは純粋に嬉しかったよ。無断転載は困るけど、翻訳してくれた人に感謝しないといけないかも」

　どこかの誰かが英訳して、向こうの二次創作投稿サイトに載せてくれなければ、ショーンの目に触れることもなかったはずだ。

『……ごめん。先に謝っておく』

「何が？」

『実は……翻訳して転載したの……私』

「――は？」

『ほんとごめん！　だって、美雪の作品はもっとたくさんの人に読まれるべきだって思ったから。勿体ないじゃない、あんなにいい話なのに！　他の作品に埋もれてるなんてあり得ないでしょ』

　ごめんと云いつつ開き直った態度の雨音に、美雪は声を荒らげてしまう。

「何してるんだよ！　てか、毎日仕事で忙しいのに、いつそんな時間があったわけ!?」

　残業どころか休日出勤までして、寝る時間すらまともに確保できないと泣き言を云っていたくせに、一体何をしているのか。

『朝活と通勤電車でこつこつと』

「本当に何してるんだよ！　まったくもう……。それ、いつまで内緒にしとくつもりだったの？」

　雨音に悪気がないことも、美雪のことを誰よりも考えてくれていることもわかっているから怒りきれない。

　彼女には昔からこういう猪突猛進《ちょとつもうしん》なところがある。頑固で慎重派の美雪とは合わないようでいて、そうでもないのが不思議だ。

『もっと早く云うつもりだったんだけど、あっという間に向こうでバズっちゃって切り出すタイミングがなかなかなくて……怒ってるよね？』

　さすがにばつの悪そうな様子ではある。

「呆《あき》れてるけど、怒ってはいないよ。ありがと、雨音。お陰でショーン・ブラックウェルに会えた」

『そうそう、私のお陰よね。感謝しなさい』

「ねえ、開き直るの早すぎない？」

二人同時に吹き出し、笑い合う。バタフライエフェクトにも程があるが、確かに雨音がそんな突拍子もないことをしてくれなければ、今回の〝奇跡〟が起こることはなかった。

『何はともあれ、監督に会いにいってよかったでしょ？』

「うん、雨音の云うとおりにしてよかった」

彼女に背中を押してもらったお陰で夢のような時間を過ごすことができた。

『で、ちゃんと個人的な連絡先は交換してきた？　一回きりのイベントで終わらせたら勿体ないもんね』

「一応、友達登録してきちゃった」

同じメッセージアプリを使っていることがわかり、お互いのＩＤを登録し合った。日本だけで発売した『ザ・プログレス』のスタンプを送ると子供のように喜んでくれた。

『ショーン・ブラックウェルと友達！　いきなり世界が広がったねえ』

「友達になったわけじゃなくて、友達登録！　連絡取るのに便利だからってだけで」

『よほど信用されなきゃ、プライベートの連絡先なんか教えないと思うけどな。また会えそう？』

「それがさ、信じられないんだけどハリウッドに招待されちゃった……」

『えっ、すごいじゃん！　いつ行くの？』

「日程が決まったら飛行機のチケット送ってくれるって云ってた。で、でも、社交辞令かもしれないし！」

ショーンがいい加減なことを云うとは考えたくないけれど、多忙で先送りになり、そのうち立ち消えになる可能性もなきにしもあらずだ。

そうなったときにガッカリしないよう、最初から期待しないでおくのがいいだろう。

『わざわざ会いにきてくれたんだから、そんな社交辞令云うわけないでしょ。そうやって、最悪の可能性ばっかり考えるの美雪の悪い癖だよ』

「だって、しょうがないじゃん！　こんなことドッキリでもない限りあり得ないし……」

一般人を驚かせるバラエティ番組のターゲットでしたと云われたほうがよほど納得がいく。しかし、いつまで経《た》ってもネタばらしはなかった。

『気持ちはわかる。けど、ドッキリだったとしても、ネタばらしされるまで乗っておけばよくない？実際にショーン・ブラックウェルに会えたわけだし』

「……それもそうか。でも、仕事が休めなかったらどうしよう……」

誘われたときは反射的に食いついてしまったけれど、現実問題として、美雪には勤務がある。ショーンに比べたら些細《ささい》な仕事ではあるけれど、社会人としての義務の大きさには変わりない。

『休めるかじゃなくて休むの！　いままで他の人のぶんまでほいほい引き受けてきたんだから、こんなときくらい我《わ》が侭《まま》云わないでどうするの。それでも休ませてもらえないなら辞めちゃいなさい』

「そ、そんな簡単に……」

『そもそも、あんな会社さっさと転職したらいいのよ』

雨音には前々から転職しろと口を酸っぱくして云われている。激務の雨音から見ても、美雪の会社はブラックなのだそうだ。

公私の区別がなく、休みの日も電話がかかってくることには辟易《へきえき》しているが、小さな会社のため仕方がない面もあると思っていた。

「でも、仕事自体は楽しいから……」

『同じ仕事の会社は他にもあるでしょ』

「他の会社では通用しないって云われてるし、もうちょっと経験を積んでから考えるよ。僕がいないと進行が滞っちゃうし」

『まったくもう、お人好《よ》しなんだから。絶対、それ洗脳されてるから。美雪はどこに行ったって通用すると思うんだけどなあ』

「ありがと、そう云ってもらえるとちょっと自信湧く」

美雪が一歩足を踏み出せないのは、自分に自信がないからだ。いざ外に出て、もしも自分が使いものにならない人材だったら食い扶持《ぶち》を失うことになる。

学生時代の就職活動が辛かったこともあり、息苦しくはあるがぬるま湯でもある現状から抜け出す勇気がないのだ。

『もっとデカい顔したっていいんだからね？　大体、美雪は——うわ、マジか』

いつもの苦言が始まりかけたそのとき、雨音は突然驚きの声を上げたあと黙り込んだ。様子がおかしい。

「何？　どうかした？」

『か、監督のアカウント見て』

雨音の声が震えている。

「何か今日のこと書いてある？」

『いいから見てみて』

「え。ちょっと待って」

雨音の深刻そうな様子に慌ててノートパソコンを立ち上げ、インターネットブラウザを開く。

ブックマークの一番上に登録しているショーンのアカウントを開くと、ビル越しの東京タワーの写真と共にコメントが載せられていた。

——続編の構想がある。これまでとは違った雰囲気のものにしたい。素晴らしいファンフィクションに大きな影響を受けた。

投稿されたばかりにも拘わらず、すでに何千ものリツイートされている。しかも、美雪が見ている間にもどんどんカウンターが回っていく。

『これって美雪の小説のことじゃない？』

「ど、どうしよう。でも僕、映像化の件は断ったのに……」

ショーンの強い希望で返事は保留という形にはなったけれど、美雪自身は乗り気な態度を見せていないはずだ。

『ファンフィクを映像化するとは書いてないから嘘ではないか。影響を受けたってだけだもんね。でも、外堀から埋めてく作戦とか？』

「いやいや、まさかそんな――」

ショーンは諦めていない様子ではあったけれど、そんな作為的なタイプとは思えない。きっと、いまの気持ちを素直に書いただけだと思う。

（ああ云ってくれてるのは、ものすごく嬉しいけど……）

何が琴線に引っかかったのかわからないが、彼が心から美雪の作品を気に入ってくれているのはわかる。心底ありがたいけれど、それと同じくらいファンの反応が怖い。

ＳＮＳ上では、すでに『何故《なぜ》いま東京にいるのか』や、『影響を受けたファンフィクションはどれだ』『そもそもファンフィクションを読んでいたのか』などと大騒ぎになっている。

美雪も第三者だったら、同じように右往左往していたに違いない。だが、今回は謎の渦中にいる。

公式側の人間がファンダムの作品にアイデアを求めるのはどうなのかという意見もあり、美雪は鳩《みぞ》尾《おち》の辺りにキリキリとした痛みを覚えた。

『これから犯人捜しならぬ、作品捜しが始まるね』

「何、他人《ひと》ごとみたいに云ってるんだよ！　大体、責任は雨音にもあるんだからな」

『私は英訳しただけで、注目される作品を書いたのは美雪でしょ？　となると、責任は半々くらい？』

「何でそんなに冷静なんだよ！　特定されたらどうなるか……」

『ザ・プログレス』のファンは人一倍熱心だ。作品を気に入らないファンからの攻撃も考えられる。

『大丈夫でしょ。特定なんてされるわけないって』

「どうして、そう云いきれるんだよ」

『だって、これ以上監督からのヒントがなければ特定は無理だし、本当に映像化したいのならこれ以上の情報は出さないでしょ』

「なるほど、それは確かに……」

　雨音の冷静な推察に、美雪も落ち着きを取り戻した。

『もし特定されたとしても堂々としてればいいだけじゃない。何の反応もしなければ、あの話の書き手が美雪に繋《つな》がることはないんだから」

「そ、そうかな？」

『イベントにも出たことないし、同人誌を作ったこともない。プライベートなこともネットに一切書かないし、他のファンともオフで交流してないんだから個人を特定しようがないでしょ。多分、女だと思われてるんじゃない？』

「それならそんなに心配することないか……」

いわゆる女性向けジャンルの作品であるため、ペンネームも本名の美雪から取って〝ＹＵＫＩ〟と名乗っている。どちらも女性に多い名前だ。

書き手が男だからといって取り沙汰されることはいまどきそうないとは思うが、変に悪目立ちもしたくないのでひっそりと活動しているのだ。

『念のため、監督にはお断りのメッセージを送っておいたほうがいいんじゃない？　文面で意思表示しとくのは大事だと思う』

「わ、わかった。そうする」

確かに、云った云わないにならないよう、記録に残る形で伝え直しておくべきかもしれない。しかし、どう書いたらいいものか。

美雪はメールの文面に頭を悩ませることになった。

4

「本当に来てしまった……」

ロサンゼルス国際空港に降り立った美雪は、数多《あまた》の映画のワンシーンで目にしてきた光景を感慨深く眺めた。

アナウンスを背景に、胸いっぱいに空気を吸い込むと異国の匂いを感じる。

あれから、ショーンとは毎日のようにメールのやり取りを重ねた。映像化の件も丁重《ていちょう》に断りを入れておいたのだが、それでもいいからとアメリカに招待してくれたのだ。

美雪は溜《た》まりに溜まった有休と連休をくっつけて、無理やり一週間の休みをもぎ取った。

会社では当然のように渋られ、散々嫌みを云われたけれど、今回だけは譲れないと我を通した。

先日、頼みを断った木崎にはとくにキツく当たられている。わざとらしく無視され、業務連絡はメールのみ。ときには必要な報告もしてもらえず、美雪の仕事にも支障が出た。

あからさまな嫌がらせに病みそうにはなったけれど、再びショーンに会える日が来ることを励みに日々を過ごしてきた。

（推しの存在は偉大だ）

肩から落ちかけていたパーカーを引っ張り上げ、服装を整える。これからショーンに会うのに、よれよれの姿でいるわけにはいかない。

ショーンが用意してくれたのは、ファーストクラスの窓際の席だった。しっかり眠ったため時差ボケはあまり感じないけれど、次から次に出てくる機内食を食べすぎたせいで胃がもたれている。

「そうだ！　電源入れなきゃ」

美雪は飛行中のため電源をオフにしていたスマートフォンを取り出した。ショーンが迎えにきてくれることになっているので、到着したと連絡しなくては。

画面が明るくなった途端、着信音に設定している音楽が流れ出す。

「えっ、もしもし？」

このタイミングでかかってくるとは思ってもみなかったため、表示されていた名前を確認せずに反射的に日本語で出てしまう。

『美雪ちゃん？　やっと出てくれた！』

「母さん――」

聞こえてきたのは、美雪の母・香澄《かすみ》だった。最高潮だったテンションは最低ラインまで急降下する。

『もう！　心配したのよ。全然連絡取れないから、会社とか大家さんにも連絡するところだったんだから』

どうやら、心配性の母は美雪が空の上にいる間に何度も電話をかけてきていたらしい。

「ごめん、電源を入れ忘れてて」

『また映画を見にいってたの？　終わったらすぐスマホの電源を入れ直してって云ってるでしょ？』

「だから、ごめんって。それで何かあったの？」

忙しいから連休には帰らないと前以《もっ》て云ってあるし、今日は平日だから本来は出勤している時間だ。

『連休にも帰ってこないっていうし、ちょっと声が聞きたかったの。朝になっても全然繋がらないから、倒れてるんじゃって心配したのよ』

「僕ももう子供じゃないんだよ。ちょっとタイミングが悪かっただけだから」

シングルマザーとして一人で美雪を育ててくれた母は、成人したいまも過干渉だ。一人暮らしを始めたばかりの頃は、毎日電話をするよう云い含められていた。

いまは週一の連絡で落ち着いているが、帰省しない連休は初めてなため、落ち着かなかったのだろう。

『元気ならよかった。でも、直接顔が見られないのは淋《さび》しいわ。そうだ！　美雪ちゃんがこっちに来ないなら、お母さんが会いにいこうかな？　そしたら、ご飯一緒に食べるくらいの時間は取れるでしょ？』

「ちょ、やめてよ！　いま日本にいないから無理だから！」

『え？　日本にいないってことは海外にいるってこと？』

「あっ、いや、その……」

うっかり本当のことを云ってしまって後悔する。気になることがあると、母はしつこいのだ。

『今日はお仕事の日でしょ？　どこに行ってるの？　ちょっと待って、そのアナウンス……ロサンゼルス？　どうしてロスに？　美雪ちゃん、お仕事は？　まさか辞めたんじゃ――』

　案の定、母は矢継ぎ早に質問を投げかけてくる。空港のアナウンスが聞こえてしまったらしく、美雪の居場所を云い当てられてしまった。

「ただの有休だって。ちょっと知り合った人が案内してくれるって云うから観光に来ただけ」

『観光？　行く前に云ってくれたらよかったのに。そうだ、ロスにいるならお父さんに連絡してみたらいいじゃない！』

　そう云い出すと思ったから、渡米のことを母に云いたくなかったのだ。

「いや、今回はただの観光だし……」

『そうね、美雪ちゃんからは連絡しにくいわよね。私からメールしておくわ』

「しないでいいから！」

　懸念したとおり、厄介なことを云い出した。

『遠慮しないでいいのよ。きっと、お父さんも美雪がアメリカにいるって知ったら会いにきてくれるはずよ。日本は遠いけど、ロスならすぐだもの。感動の初対面を見られないなんて残念だけど、親子二人水入らずもいいわよね』

　ふわふわとした母の夢見がちな発言に苛々してしまう。

「あんな男、僕は父親だと認めてないし、絶対会わないから」

『そう云わないで一度だけでも話をしてみて。ね？　血が繋がってるんだから、きっとわかり合えるはずよ』

「子供ができたってわかったら音信不通になって、金がかからない歳まで成長したと知った途端、金の無心をしてくるような人間と何をわかり合えっていうわけ？　二言目には金の話をしてくるのに、ただの家族の語らいをするわけないだろ。トラブルを引き連れてくるに決まってる」

そんな人でなしの血を引いていることすら苦痛で堪《たま》らないというのに、交流を持つなんて真っ平ごめんだ。

（いつになったら、目を覚ましてくれるんだろう……）

母が美雪の父親と出逢ったのは、彼女がアメリカに留学しているときだったと聞いている。曰《いわ》く大恋愛だったとのことだが、そう思っていたのは母だけだったのではないだろうか。

お腹に美雪がいることに気づいたのは、日本に帰ってからのことだった。父に連絡すると、仕事が成功したら迎えにいくから待っていてくれと云われたらしいが、それから長いこと連絡が取れなかった。

『冷たいこと云わないで。あの人にも色々と事情があったのよ』

「僕たちが汲むべき事情ではないと思うけど」

『直接話を聞けば、きっと美雪ちゃんも納得すると思うわ。あ、ホテルはどこなの？　緊急のときの連絡先を教えておいて』

「あの男には一生会う気はないし、許すつもりもないから。緊急のときは僕のスマホにかけて。帰ったら連絡するから、それまで絶対に連絡してこないでよ」

悲しませるのが嫌で母にはつい甘い顔をしてしまうけれど、云うべきことは云わなければならない。

『美雪ちゃん、あのね――』

と食い下がる母を無視して電話を切る。滞在中、母に邪魔されないようブロック設定にしておく。帰国するまでは解除せずにいよう。

（これさえなければ、悪い人じゃないんだけど……）

当時、一人で子供を生むと決めた母は、昔気質《かたぎ》の祖父母に勘当されてしまったそうだ。

幼い頃は父親がいない暮らしを淋しく思いつつ、父は仕事が好調で忙しいから会いにこられないのだという母の言葉を信じていた。

けれど、電話がかかってくることも手紙が届くこともない状況に、小学生にもなればそれが真実でないとわかってきた。母と自分は、父に捨てられたのだと。

父親など初めからいなかったのだと思い込もうとしたこともある。だけど、鏡を見るたびに、金色の髪と白い肌に否応《いやおう》なく父の存在を思い知らされた。

一度だけ「どうしてアメリカまでお父さんに会いにいかないの？」と母に聞いたことがある。

そのときは「お仕事の邪魔をしちゃ悪いでしょ」と返されたけれど、実際は一人で子供を育てている状況では、渡米するだけの金銭的余裕がなかったのだろう。

ギリギリの生活だったろうと思うのに、母は苦労などおくびにも出さず毎日笑みを絶やさなかった。

高校生になってからは美雪もアルバイトをして、家計を支えるようになった。金を稼ぐ大変さを知ってからは、これまでの母の苦労がより身に染みた。

その頃には母も父の思い出話をしなくなり、平和な日々を送っていた。

（それなのに――）

〝父〟から初めて電話がかかってきたのは、美雪が大学生になったばかりのときだ。あの日の母のはしゃぎぶりはいまでもよく覚えている。

まったく音沙汰のない中、唯一生きていたメールアドレスに定期的に美雪の成長の報告をしていたらしい。母の一途《いちず》さには頭が下がる。

美雪の成長を喜ぶようなことが書いてあったけれど、メールの最後に書かれていた番号に母が電話をかけた結果は、金の援助を要求されただけだった。

それでも、頼られたことが嬉しかったらしい。美雪が止めるのも聞かず、母は求められるがままに金を送ってしまった。

決してゆとりのある生活ではなかったけれど、美雪が奨学金を得て国立大学に進み、母の手元にある程度まとまった金があったのも徒《あだ》となった。

それからというもの、定期的に金の無心をされている。

（利用されてるだけなのに）

母は自分を捨てた男をまだ信じていて、一度も会ったことのない美雪と親子ごっこをさせたがっているのだ。

いつか家族三人で暮らしたい――それが母の口癖だ。

だけど、そんなのは夢のまた夢でしかない。

優しく聡明《そうめい》な母のことは尊敬しているし、女手一つで育ててくれたことにも感謝している。ただ、父のことになると急に夢見がちな少女になってしまうことだけが美雪の悩みの種だ。

いつまでも未練がましく縋《すが》ったところで、あの男は母のことも自分のことも欠片《かけら》も愛していないのに。

以前も勝手にメッセージアプリのアカウントを伝えられ、しつこく金の無心をされた。いかにも同情を誘うやり方で、何度か心が揺らぎかけた。

いまはブロックしており、母にも教えないようにキツく云ってあるため煩《わずら》わされることはなくなったが、母があの調子のため今回も油断はできない。

（――本当に父が僕に会いにきたとしたら？）

もしそんなことになれば、厄介なことになりかねないのは目に見えている。

ここはアメリカだし、日本にいるときよりも可能性は高い。

「……こっちの居場所なんてわかるわけないよね」

ロサンゼルスにいることはバレてしまったが、偶然出逢う確率なんて天文学的数値だろう。あり得ない心配をして無駄に気を揉《も》むなんてバカバカしい。

「美雪！」

鬱々とした気持ちになっていた美雪は、自分を呼ぶ声に我に返った。振り返ると、白いシャツにサングラスをかけたショーンがそこにいた。

彼はサングラスを外し、相好を崩す。笑顔で駆け寄ってくる彼の姿に、またもや心臓を撃ち抜かれる。カメラのレンズも通していないのに、煌めくような特殊効果がかかって見える。

「――むぐっ」

うっとりと見入っていたら、気づいたときには分厚い胸板に顔が埋まっていた。

初めて会ったときと同じいい匂いがする。力強いハグに目を回しながらも、大胸筋は意外と柔らかいんだなと頭の隅で考えてしまう。

「遠いところまで来てくれてありがとう。フライトで酔ったりしなかった？」

「大丈夫、です……」

飛行機で酔うことはなかったが、まさにいま世界一尊敬する人の腕の中で溺れ死にそうになっている。このまま死んでしまうとしたら、むしろ本望かもしれない。

「ショーン、そろそろ離してあげたら？　苦しそうにしてるわよ」

「ん？　ああ、すまない。嬉しくてつい」

「い、いえ」

　助け船を出してくれたのは、知的な雰囲気の女性だった。赤毛のロングヘアーに、すらりとした長身に纏《まと》ったパンツスーツと耳や首に光る大きなアクセサリーがよく似合っている。

「はじめまして、ミユキ。プリシラ・ウェイドです。ショーンのアシスタント兼マネージャーってところかしら」

「存じてます……！　ミス・ウェイドにお目にかかれるなんて光栄です！　シナリオ学校で出逢われてから、ずっとお二人で脚本を作り上げているんですよね？」

　プリシラはショーンの脚本の共同執筆者だ。

　ショーンは役者から制作側に転身するために、シナリオライターの専門学校に入った。そこで出逢ったのがプリシラだ。

　彼女自身は露出を嫌い表には出てこないけれど、ショーンがたびたびインタビューで語っているため、どんな人だろうと想像していた。

　理論的で構成を重視するショーンに対し、情緒的で感情を最優先すべきという考えのプリシラはお互いに苦手なところを補い合っているのだそうだ。

　一人では偏りがちなストーリーも、二人で練ることによってバランスが取れるのだろう。

「本当にショーンの大ファンなのね。私のことを知っててくれてるなんて、こちらこそ光栄だわ。会えて嬉しい。どうぞよろしくね」

「よ、よろしくお願いします」

差し出されたほっそりとした手を握り返す。温かく柔らかな感触を手の平に感じながら、この手からあの数々の作品が生み出されたのかと感動を嚙《か》み締める。

（プリシラは僕のことどう聞いてるんだろう……）

美雪はただの素人で、彼らの一ファンでしかない。ショーンは美雪を直々に招待した理由を何と説明しているのだろうか。

「ていうか、ミユキは男性だったのね。名前から女性だと勘違いしてたわ。そういうことは早く云っておいてよ、ショーン」

「俺も最初に顔を合わせるまでは女性だと思ってたんだ」

そういえば、メールでは自分のことはまったく話していなかった。普段から名前で性別を勘違いされることも少なくない。

『ザ・プログレス』の二次創作の書き手はほとんどが女性だということも、彼に先入観を与える要因になったのだろう。

「すみません！　僕が自分で先に云っておくべきでしたよね。母が女の子が欲しかったのと生まれた日に雪が降っていたから、こういう名前にしたんだそうです」

美しい雪という意味だと説明すると二人に大仰に感心された。

「なるほど。君に相応しい名前だ」

「エピソードも素敵」

「そ、そうでしょうか？」

この名前を紛らわしいと云われることはあっても褒められたことはほとんどないため、二人の言葉が擽《くすぐ》ったかった。

「やだ、もうこんな時間。あちこち見て回るのに、こんなところで時間を使うなんて勿体ないじゃない。早く行きましょ。車を回してくるから、ロータリーで待ってて」

「頼む」

プリシラは慌ただしく行ってしまった。

ショーンと二人きりになると、途端に緊張感が増してしまう。さっきはプリシラが話しかけてくれたからよかったけれど、こうしていると間が持たない。

「荷物はそれだけ？」

「あ、はい」

美雪にとっては大きなスーツケースだが、ショーンは軽々と取り上げてしまう。同じ男としては自分の非力さが情けない。

（帰ったら、少し鍛えよう……）

インドア派で運動が苦手などと云っている場合ではない。早足のショーンを追いかけながら心に誓う。

「初めての海外旅行はやっぱり不安？」

「え？」

隣に並んだ美雪に、ショーンは気遣わしげに訊いてきた。

「さっき、憂鬱そうな顔をしてただろう？　一人で国外に出るのは心配ごともあるだろうけど、ちゃんと俺がアテンドするから任せて欲しい」

「ち、違うんです！　今回のことには何も不安なんてありませんから！　その、母から急に連絡があって……」

誤解を解こうと、慌てて手を振り訂正する。暗い顔をしていたのは、母が面倒なことを云い出したからだ。

「お母さん？　何か困ったことでも？」

急な連絡という言葉に、悪いニュースを想像したのだろう。ショーンは顔色を曇らせた。

「いえ、そういうわけではないんです。うちの母はちょっと過保護で、飛行機に乗っている間、僕が電話に出なかったので心配になったみたいです」

「こっちに来ることは伝えてないのか？」

「面倒なことになりそうだったので云わずに来ました」

しかし、結局面倒なことになってしまった。こうなったら、帰国するまで母からの連絡を無視するしかない。

「海外旅行には心配がつきものだからな。もし、君のお母さんの不安が拭えないようなら、俺が一言云っておこうか？　美雪の身の安全は日本に帰る日まで俺が責任を持ってエスコートするから安心して欲しいと」

「ショーンにそこまでしてもらうわけには……！　さっきの電話で大まかには説明しておいたので大丈夫だと思います」

「そう遠慮しなくていい。無理に招待したのは俺だからな」

　ただでさえ過分な歓迎をしてもらっているのに、そこまで面倒はかけられない。それに美雪がショーン・ブラックウェルの招待で渡米したなどと母にバレたら、それこそ大騒ぎだ。

（本気であいつに連絡を取らなきゃいいけど……）

　美雪の渡米を血縁上の父親に連絡しようとしていたことだけが気にかかる。この広いアメリカで鉢合わせることなんてないだろうが、一抹の不安は残る。

　しかし、その不安をショーンに気取られるわけにはいかない。懸念は頭の隅に追いやり、美雪は笑顔を浮かべた。

「ありがとうございます。でも、お気持ちだけで十分ですから」

「でも、ミユキの顔には心配ごとがあるって書いてあるけど」

「……ッ」

　ショーンの鋭い観察眼に脱帽する。ごまかしたほうが余計に心配をかけると判断し、正直に事情を話すことにした。

「……実は生まれてから一度も会ったことのない遺伝上の父親がロサンゼルスに住んでるらしくて、僕がこっちに来ていると知って母が会ってこいって云うんです」

「一度も？　何てやつだ。そんな男は父親でも何でもない」

「ですよね。母がアメリカに留学してるときに出逢ったそうです。でも、日本に帰国したあとに僕がお腹にいるとわかって連絡したら、それから音信不通になって。逃げただけならまだよかったんですけど、僕が手間とお金がかからない年齢になったら金の無心の連絡が来るようになりました」

「それは紛れもなくクソ野郎だな」

「母から連絡が行って、どこかで顔を合わせることになったらと思うと少し憂鬱になってしまって」

「泊まってるホテルは教えてないんだろう？　心配するな、ロスは広いんだ。偶然会う確率なんてほぼないし、万が一何かあったとしても俺が守る。滞在中は安心して過ごしてくれ」

「ありがとうございます」

力強い言葉に勇気づけられる。確かに広いこの国で偶然出逢うことのほうが難しい。

ロータリーの歩道に着くと、ショーンは美雪の荷物を横に置いた。ここでプリシラの迎えを待つようだ。そのとき、再び美雪のスマートフォンから着信を知らせるメロディが流れた。

「何の音？」

「す、すみません、僕のスマホです！」

「もしかしてお母さんからじゃないか？　すぐ出たほうがいい」

美雪に電話をかけてくる人はあまりいない。母はブロックしたばかりだが、違う番号からかけてきているのだろうか。

無視をすればいいのだが、そうすればしつこくかけ続けてくるだろう。もう一回だけ応答し、改めて帰国するまではかけてこないよう伝えるしかなさそうだ。

「ちょっとだけすみません……母さん、何度もかけてこないでって云ってるだろ！」

『あ？　誰と勘違いしてるんだよ。つか、出るのおせーぞ、久遠寺！』

電話に出るなり、怒鳴りつけられてびくりとなる。電話をかけてきていたのは木崎だった。しっかり画面を見ておけばよかったと後悔するも、もう遅い。

美雪が有休を取っていることは木崎も知っているはずだ。誰よりも文句を云っていたのが彼だった。

「す、すみません、いま外にいるので……」

反射的に謝ってしまうのは、美雪の悪い癖だ。肩を竦《すく》め、口元に手を当ててショーンに聞かれないよう配慮する。

日本語だから意味はわからないだろうが、彼とのやり取りをあまり聞かれたくない。

『作ってもらったデータだけどさ、向こうが手直しして欲しいって伝ってきてんだけど、そっちで直して送ってくんない？　週明けまでならできるだろ』

「え？　何云ってるんですか！　出先にＰＣなんて持ってきてませんよ」

とんでもないことを云われ、思わず大きな声が出てしまう。タブレットは手元にあるけれど、作業ができるような環境にはしていない。

　そもそも仕事をするなら休暇でも何でもないではないか。

『どこにいるか知らねーけど、いますぐ帰ればいいだろ？　お前のせいで進行が止まってもいいって云うのか？　大体、有休なんて生意気なんだよ。依頼者に迷惑かけるんじゃねーよ』

　美雪の仕事は進行管理だ。本来はデザイナーとして業務を請け負うことにはなっていないし、木崎のチームの人間でもない。

　ピンチヒッターで手伝うようになっただけで、木崎の進行に関わる立ち位置にはいないのだが。

「でも、それは木崎さんの……」

『ああ？　そうやって屁《へ》理屈捏《こ》ねるなよ！　いま俺はお前の責任のことを云ってるんだ。一旦、引き受けた仕事を途中で放り出すなんて社会人失格だな』

「……っ、でも……」

　仕事を引き受けたわけではない。厚意で彼らの作業を手伝っただけにすぎない。

　だけど、こうやって次から次に捲し立てられると何の言葉も出なくなってしまう。反論してさらに責められるくらいなら、大人しく従ってしまったほうが楽だった。

（いたた……）

　こうやって言葉を呑み込むたびに、胃に差し込むような痛みが走る。

　どうして自分はこうもダメなんだろう。妥協し、自分の気持ちから逃げるたびに心が削られ、体にもダメージがくる。何もかも自業自得だ。

「ミユキ、ちょっといい？」

鳩尾の辺りを手で擦《さす》っていた美雪の顔をショーンが覗き込んでくる。美雪が顔を上げた瞬間、ショーンにひょいとスマホを取り上げられた。

「え？」

驚きに目を瞠《みは》っていると、ショーンはスマホを耳に当て、柔らかな口調で告げる。

「Don’t call him again, fucking bastard」

——二度と彼に電話をかけてくるな、クソ野郎。

穏やかな声音とは裏腹の過激な物云いにびっくりする。それだけ告げると、通話を切り、何やら画面を操作する。

「着信拒否しておいた。……ごめん、出過ぎた真似《まね》だったかな？」

「い、いえ！　助かりました」

ショーンが云ってくれた言葉は、まさに美雪がずっと云いたくて堪らない台詞だった。きっと木崎は急に英語で捲し立てられて面食らっているだろう。

いつも言葉が出てこなくなるとき、レミントンの顔が脳裏に浮かぶ。彼だったら、もっと上手く立ち回ることができるだろうに、と。

彼が毅然《きぜん》と忌憚《きたん》のない意見を伝えるシーンは、毎回胸がすっとするのだ。一連のショーンの行動はまさに『ザ・プログレス』のワンシーンのようだった。

「いまのは仕事関係の人？　いつもあんなふうなのか？」

「ええ、まあ……。同じ会社の人なんですけど、提出したデータを修正しろって。本当は僕の仕事ではなくて手伝ったものなんですけど」

美雪はデザイナーとして雇われたわけではない。だから、手を貸すときはいつも最後の仕上げは自分でして欲しいと念を押している。クオリティに責任を持てるほどの技術も知識もないからだ。しかし、木崎はそのことを毎回無視してくる。

「無礼なやつだな。会社は休んできたんだろう？」

「そのはずなんですけど、その、彼の仕事を手伝ってたらどんどん押しつけられるようになっちゃって……」

「それはハラスメントじゃないか？　会社に報告して、きちんと対応してもらったほうがいい」

「そう、ですよね。それはわかってるんですけど……」

社内で相談したことはある。だが、口を揃《そろ》えたように云われるのは「君を頼りにしてるんだから」とか「ああいうやつだから我慢してやってよ」と、美雪一人に我慢を強いるものばかりだった。

皆、優しくて鷹揚《おうよう》な人ばかりだからこその居心地のよさはある。だけど、公私の境界が薄いことは美雪にとってストレスだった。

（かといって、はっきり反論できない僕も悪いんだけど……）

見た目で目立つこともあり、無用な自己主張はしないように生活してきた。自分が我慢して丸く収まるならそのほうが楽だったからだ。

　できないことはできないと明確に云えずにきたせいで、自分の首を絞めている。

「そうか、君は優しいからみんなのことを考えてしまうんだな。丸く収めるために、自分の気持ちを呑み込んでるんじゃないか？」

「優しいわけじゃありません。ただ、波風を立てたくなくて……自分はただ臆病なだけなんです」

　本当に優しければ、相手にきちんと苦言も告げるだろう。そうしないのは、正面から向き合わずに逃げているからだ。

「なるほど、君は自分に自信がないんだな」

「……はい」

「そこを突かれて上手く利用されてるんだろう。だけど、君は君だというだけで素晴らしいんだから、もっと自己主張してもいい。なかなか難しいかもしれないが、他人を思い遣《や》れるなら、自分のことを思い遣ることだってできるはずだ」

「自分を思い遣る……」

　そんなこと、いままで考えもしなかった。

「傍若無人に振る舞えと云ってるわけじゃない。体調が悪いときには薬を飲んだり、休んだりするだろう？　心が疲弊しているときも、そうやって自分を労《いたわ》るんだ」

「自分を、労る」

これまで美雪は、自らのキャパシティーを越えて頑張ることがいいことだと思ってきた。だけど、そうすることに疲れてきている自分もいる。

「背伸びをして頑張らなきゃいけないときもある。だけど、ずっとそうして生きていたらいつか限界が来る。人生は長くて短いんだから、もっと自分のために行動したらどうかな？」

「……そうですね。そうできたらいいと思います」

「君の気持ちもわかるよ。偉そうなことを云ってるけど、俺もなかなか自信を持ちきれないからね」

「ショーンがですか!?」

「俺だって、みんなの期待に応えようとずっと自分を押し隠して演技をしてきたからな。いまだってそれなりに自分を演じてるところはある」

軽い調子で云われた言葉に衝撃を受ける。美雪にとってショーンは神様のような人だ。その人が自分と同じような悩みを抱えていたというのだ。

（そうだよな、ショーンだって一人の人間なんだもんな……）

ショーンは事もなげに云ったけれど、こうやって言葉にできるようになるまでには、それなりの葛藤があったのではないだろうか。

「映画を見るほうだって、作り手に自信なさげにされるより、堂々と「最高傑作だ！」って云われたほうが楽しめるだろ？　オーディエンスには何の気遣いもなく見て欲しいんだ。その結果、つまらないと思われたとしても、こういう事情があって仕方なかったんだってファンにフォローされるほうが屈辱だしね」

ファンは「予算が足りなかった」「天候が悪かった」「この時期は俳優がスランプだった」――そんなふうに勝手に忖度《そんたく》して作品を評価することがある。

好きだからこそ不満に感じたり、物足りなさを覚えたところに勝手に云い訳をしたくなるのかもしれない。

「とにかく、自分にも自分以外にも思い遣りを持ちつつ誠実になるのが一番だってことさ」

「――――」

ショーンの言葉に、美雪はこれまでの自分を省みた。ストレス解消や現実逃避をして英気を養うことはあっても、日常的に自分を労ろうとしたことはなかった。

「お、やっと来た」

ショーンの視線の先を見ると、ワインレッドのSUV《エスユーブイ》がこちらへ向かってきているところだった。

5

サングラスをかけたプリシラがハンドルを握っているのは、アメリカ製の赤いSUV——ショーンの愛車だ。荷物がたくさん乗るのがいいとコラムで書いていたとおり車内は広々としていた。

安全運転で長く乗るタイプらしく、運転するようになってから二代目の車だそうだ。後部座席にショーンと並んで座っているのだが、やはり落ち着かない。

「どうかした？」

「いえ！　何でもありません！」

これは現実だろうかと、何度も隣を見て確認していたらショーンに気づかれてしまった。

「プリシラは運転が荒いから、車酔いをしたらすぐに云ってくれ」

「ちょっと、人聞きの悪いこと云わないでくれる？　あなたの運転が異常に丁寧なだけで私は普通なの。空港に間に合わないかもって云うから運転手を買って出てあげたんじゃない」

「あ、あの、僕は大丈夫です」

「気持ち悪くなったら、正直に云ってね。でも、待たせちゃってごめんなさい。駐車場の出口で揉めてる人がいて時間がかかっちゃった」

「いえ、全然待ったうちに入りませんから」

むしろ時間を作ってくれて感謝している。あのロケーションだったからこそ、ショーンが自分にあんな話をしてくれたのだろう。

「二人で話をしていたから、あっという間だったよ」

「あら、どんな話をしてたの？」

「ええと……」

どこから話すべきか、そしてショーンから聞いたことはどこまで話していいものか。ショーンに視線で助けを求めると、美雪の代わりに答えてくれた。

「俺が普段見栄を張って強がってるって話」

端的な説明だが、誤解を生む表現ではないだろうか。

「インタビューとか会見では横柄《おうへい》な自信家のふりをしてるけど、本当は評論家のレビューを気にしてビクビクしてるチキンってこと？」

「そこまでは云ってない。気にはしてるが、ビクビクまではしてないだろう」

共同執筆者のプリシラのことは、常に忌憚のない意見を云ってくれる貴重な存在といつかのインタビューで云っていたけれど、彼らの会話からもその様子がわかる。

お互い気の置けない間柄だからこそ、こういう軽口を云い合えるのだろう。

「公開直後からめちゃくちゃエゴサーチしてるの知ってるわよ」

「えっ、ショーンもエゴサなんてするんですか？」

「……客の感想は気になるだろう」

　プリシラの暴露に、ショーンは恥ずかしそうな顔をした。公式の映像などでは見られない珍しい表情だ。

「公開直後はひたすら感想を追っかけてるのよね。いまは翻訳アプリもあるからキリがなくて。でも、俳優のときは評価なんてまったく気にしてなかったって聞いたわよ」

「あの頃は自分で自分のレベルを自覚してたからな。それに俳優は台本と演出に沿って演じるだけだ。彼らのお陰で作品がよくなることはあるが、評価が悪かったとしたらそれは監督の責任だ」

「ちょっと監督業に厳しすぎない？　俳優の演技がいまいちで物語に入り込めないときだってあるでしょ」

「それは配役した監督が悪い」

「まったく、理想が高いんだから。そんなだから、スタッフを集めるのにも苦労するのよ」

「お陰で最高のチームができただろう？」

「そうね。だからこそ次回作の目処《めど》を早く立てて欲しいんだけど。大体、スランプだって云うから気分転換になるかと思って色々薦めてあげたら、まさかこんな――」

　苛立った様子でプリシラがぼやいている。スケジュール管理をしている立場として、イレギュラーな行為は看過できないのだろう。

　会社で進行係をしている美雪にも、その気持ちはわかる。

「心配をかけてすまない。君のサポートはありがたく思ってる」

「わかってるならいいんだけど」

「あの、ショーンはスランプなんですか？」

「ま、ちょっとな」

「この半年何にも書けないの。だから、エネルギーを補塡してくれたらなと思って、試しにいくつかのファンフィクションを薦めてみたってわけ。あなたの作品もその一つ」

「え？」

「実はね、あなたの作品を見つけてショーンに教えたのは私なのよ」

「そうだったんですか⁉」

　美雪の作品は知り合いに教えられて読んだと云っていた。その知り合いというのは、プリシラのことだったのだ。

「プリシラさんもファンフィク読むんですね……」

「実はね、私も『ザ・プログレス』の大ファンだし、私の原点はそこだしね。毎晩読み漁《あさ》って、大いに刺激を受けてる。日本語の作品も翻訳にかけて読んでるわ」

「そこまでしてるんですか……！」

　衝撃の事実だが、彼女に覚える不思議な親近感はそのためなのかもしれない。想像以上に原作者たちの間で二次創作はポピュラーな存在のようだ。

「友達が話題になってる作品があるって教えてくれて読んでみたんだけど、本当にびっくりした」

「きょ、恐縮です」

彼らがそう感じるようなものが書けたのは偶然でしかないとわかってはいるが、そんなふうに云ってもらえるのは純粋に嬉しかった。

「何よりあなたの書いたレミントンの解釈が深くて感心したの。私はね、これまでもショーンにレミントンの弱さをもっと見せていくべきだと云ってたの。だけど、ショーンはどうせわかってもらえないって云ってて。だから、こういうふうに感じ取ってるファンもいるってことを知って欲しかったのよね」

プリシラの熱い語りに胸を打たれる。

「僕もレミントンがときどきチラッと見せる苦い表情が気になってたんです！　そこに気づいてから何度も見直してみたら、レミントンの苦悩が裏に隠されてるんじゃないかなって思うようになって」

そうして、さらに好きになったのだ。

「あなたの話にはショーンが描きたかったことが全て詰まっていて、いつ彼の創作ノートを覗き見たのかって思ったくらい。表には出していない設定をどこかで目にしたのかってドキドキしちゃった」

「そんなものがあるんですか⁉」

未発表の裏設定があると聞き、オタクとして胸が躍る。今後、どこかで公開されることはあるのだろうか。いや、いま聞き出すことはできるだろうか。

「使っていない設定やエピソードは山ほどある。冗長になるからカットした部分や話にそぐわないものは不採用にしたりするからな」

「あの、設定資料集を出す予定はないんですか……？」

「出す予定はないけど、需要があるなら考えてもいいな」

「本当ですか⁉」

「ちょっと、ショーン！　いまは余計なことをしてる場合じゃないのよ？　大体、そういう企画が持ち上がったら私がやることになるじゃない」

「わかってるよ、プリシラ。でも、ファンの意見だって重要だろう？　それに君もシリーズをまとめたファンブックをいつか作りたいって云ってたじゃないか」

ショーンの言葉にプリシラの態度が軟化する。

「ま、まあ、そうね。私も一段落ついたいまのうちに資料を整理しておくべきだと思うわ。でも、いまはもっと大事なことがあるって云いたかったの」

「心配するな。撮りたい方向性は決まったから何とかなる」

「嘘、本当に⁉」

「そのためにはミユキに協力してもらう必要があるんだけど」

「へ？」

急に自分の名前が出てきてぎょっとする。

「いまＷＩＴＦＬＩＸ《ウィットフリックス》から、独占配信の作品を一本作らないかと云われていてね。ボリューム的にもあの話がぴったりなんだ」

「いや、あの、その話は――」

考えてくれとは云われているけれど、断っていいとも云っていた。いまのところ了承する気はないという前提で招待を受けたのだが。

「もしかして、ミユキのあの作品を映像化しようとしてるの？」

「ああ。レミントンの苦悩を描きたいってプリシラも云ってただろう？」

「そうだけど……そうか、そのためにわざわざ日本まで飛んでいったのね！」

「云ってなかったか？」

惚《とぼ》けた態度を取るショーンだが、この様子だとわざとプリシラに云わずに行動したのだろう。

「聞いてないわよ。そういうことは先に云っておいてくれないと困るんだけど。権利とか契約とか色々あるんだから」

「ま、待ってください！　とてもありがたいお話なんですけど、そのお話はお断りするつもりなので……！」

頭の痛そうな様子のプリシラに慌てて自分の気持ちを告げる。

「え、どういうこと？」

「だから、こうして招待したんだ。現実味が湧いてないようだから、ロケ地や撮影現場を見て回れば気持ちも変わるかもしれないだろう？」

「なるほど、ショーンは諦めてないってことね」

　事情がわかり、プリシラも落ち着きを取り戻した。

「ミユキはどうして断る気でいるの？　こう云うのもなんだけど、ショーンに撮ってもらえたら嬉しくない？」

「もちろん光栄です！　光栄すぎるんですけど、二次創作が公式になるのはいいことなのかどうか疑問にも思えて……」

「気持ちはわからないでもないわ。ファンとしては単純に喜ぶだけってわけにはいかないわよね。確かに公式の一つに加わると思うと荷が重いもの。ファンフィクで書く話を公式でやって欲しいわけではなかったりするしね」

「そう…そうなんです……！」

　複雑な胸の内を語ると、プリシラは理解を示してくれた。むしろ理解が深すぎて、まるで仲間内で話しているような感覚だ。

「プリシラ。ミユキに同調されても困るんだが。一緒に説得してくれよ」

「ミユキの小説を映像化できたら素敵だとは思うけど、無理強いはしたくないわ。好きな人からのお願いをそう簡単に断れるわけないじゃない。それなのにノーと云ってるのは、彼に信念があるからよ」

「それはわかってる」

「そんな状態で私までショーン側に回ったらプレッシャーになるでしょ。飽くまでフラットな状態で決めてもらわなきゃ」

「……確かにそうだな。説得ではなく、プレゼンをすべきだった」

ショーンは反省の弁を口にする。

「彼の提案にはびっくりしたけど、同じ『ザ・プログレス』ファンとして私もミユキに会えて嬉しい。昼は仕事があるから一緒には回れないんだけど、夜なら時間があるから私も一緒に食事させて」

「はい、是非……！」

同好の士と話ができる機会に美雪は目を輝かせて頷《うなず》いた。

プリシラとはもっと話をしたい。ショーンには気恥ずかしくて伝えられないような感想も、彼女になら云えるかもしれない。

6

昨日はプリシラが去ったあと、美雪たちはホテルに荷物を預けるなり、ハリウッドの街の中心部へと向かった。

ショーンの運転でドライブをしながら各所を案内してもらう贅沢《ぜいたく》に現実感がいまでも湧いてこない。

ハリウッドは街全体が撮影現場だ。ドラマや映画で目にした背景があちこちに存在している。

まず最初に、サンタモニカ丘陵のリー山に設置されたハリウッドサインがよく見える場所へと連れていってもらった。

景色ばかりを撮っていたら、ショーンにスマートフォンを奪われ、一緒に写真を撮ってくれた。カメラロールに間の抜けた顔をしている美雪とどの角度も完璧なショーンの２ショットが加わった。

(僕だけ消してしまいたい……!)

自分があまりにやばい顔をしていて抹消したい気持ちになったけれど、ショーンの写真を消すだなんて勿体ないこともできない。

名声の歩道とも云われるハリウッド・ウォーク・オブ・フェイムという歩道沿いにあるスターの名が刻まれたプレートやＴＣＬチャイニーズシアターのスターの手形や足形を見られただけでも感激だったけれど、ショーンによる解説つきの街歩きは贅沢の極みだった。

名前の書かれたプレートの前に本人が立っていても、意外と周囲に気づかれないことには驚いた。

まさかこんなところにいるはずがないだろうという先入観のせいかもしれない。

翌日、ホテルのロビーで待っていると、約束の時間ぴったりにショーンは現れた。

「おはよう。昨日はよく眠れた？」

「おはようございます！　お陰さまで気持ちよく眠れました」

ショーンが取ってくれたホテルのベッドはふかふかで心地よく、興奮状態の美雪も気がついたら深い眠りについていた。

「昨日も本当に楽しかったです。一生の思い出になりました！」

「楽しんでるみたいでよかったけど、大袈裟じゃないか？　まだまだ見るところは残ってるぞ」

「どこも一度は行ってみたかった場所で、まるで映画の中にいるみたいで感動しました……！」

スタンダードな観光コースだったが、映画オタクの美雪にとってはどこもかしこも聖地だった。あんな場面やこんな場面の現場に立っていると思うと幸せでならない。

「君は本当に映画が好きなんだな。あとでスタジオにも行く予定だから楽しみにしてて。ツアーじゃ入れないところも案内しよう」

「本当ですか？　どうしよう、幸せすぎて明日死ぬんじゃないかって思ってます」

「ミユキは大袈裟だな。でも、そんなに感激してもらえると、招待した甲斐があるよ」

美雪の感想にショーンは声を立てて笑うが、何も大袈裟に云っているわけではない。心からの気持ちを口にしたまでだ。

「有名どころは大体回ったな。美雪はどこか行きたいところはある？」

「え、どうしよう、行きたいところばっかりで……あ！　あのアイスクリームショップに行きたいです！」

「アン&ナンシー？　あんな一瞬だけのシーンに出てきた店をよく覚えてたな」

「作中に出てきた場所はどこも聖地です！　すごい、実際に目にすることができるなんて」

　ファンの間ではそれぞれのキャラクターのイメージカラーがあり、主人公は白、その相棒は青が当てはめられることが多い。

　そのため、聖地巡礼に来たファンはバニラとブルーハワイのダブルを注文して自撮りをするのが密かな流行になっている。

「じゃあ、スタジオに行く前に寄ろうか。俺からもミユキに質問したいことがあるんだけどいいかな？」

　ショーンはハンドルを切って交差点を曲がった。

「え、僕にですか？　いいですけど……」

　逆に美雪が答えられるようなことはあるのだろうか。邦画も洋画もくまなく見ているけれど、日本の制作事情などには詳しくない。

「ファンフィクションだとレミントンとオリバーが恋人同士になっていることが多いだろう？　君も

そういう話を書いてたけど、やっぱり彼らはそういうふうに見えるのか？」

「え、えっと、あの――」

　思わぬ質問に目が泳いでしまう。制作者としては素朴に気になっているのだろうが、正面から訊かれるとさすがに気まずい。

「いえ、その、オタクは登場人物が二人並んでるとくっつけたくなる習性というか……好みもそれぞれなんですけど、あの二人は王道のコンビ感があって邪推したくなる人が多いのかも……」

　ファンはワンシーンしか会話をしていなくとも直感でカップリングを成立させることもあるし、行間から関係性を邪推することもある。

「相棒という関係性が深読みしたくなるのか？」

「ええと、レミントンとオリバーに関してはそうだと思います。優秀でたくさんの人に愛されるタイプのオリバーが本当に困ったときはレミントンだけを頼るところとかに、二人だけの絆《きずな》を感じたりして――」

「なるほど、確かに特別な関係かもしれないと受け止められるな。ある意味、依存関係だからな、あの二人は」

「依存……！　意図的にそういうふうに描いてるんですか⁉」

　原作者の口から出てきた聞き捨てならない単語にテンションが上がる。

「だって、そうだろう？　レミントンは前に出たくないからオリバーを矢面に立たせて、オリバーは困ったときはレミントンに助けを求める――お互いに利害関係が一致してる。もちろん、友情は感じてるし信頼し合ってる。だけど、それぞれお互いの存在が必要不可欠でなければあんなに一緒にいることはなかったはずだからな」

「確かに……。僕も親友のことは尊敬してるし、気が合うところがあるから仲よくなったけど、価値観や感覚がかけ離れていたらそもそも友人にもなっていなかったかも」

雨音とは男女ということもあり、恋人同士だと勘違いされることも多々あった。恋愛感情を抱いたことはないけれど、彼女との距離は恋愛関係よりも近いかもしれない。

「君もあの二人で何本か作品を書いてたよね？」

「えっ、そっちも読んだんですか!?　日本語のままだったのに」

ちょっとエッチなシーンも書いてしまった。それをショーンに読まれてしまうとは。

「ネット翻訳を使って読んでみた。あの話もセンチメンタルでよかった」

「……っ」

恥ずかしさで顔が熱くなる。こんなことになるなら、早く非公開にしておけばよかった。

「オリジナルのキャラクターとラブストーリーを書こうと思ったのはどうして？」

「二人の関係も好きなんですけど、オリバーの姿勢に苛ついてしまうというか、レミントンに甘えすぎじゃないかって思う瞬間もあって……」

「信頼と甘えは紙一重だからな。家族、恋人、親友、同僚、それぞれのラインが違うし、受け取る側の許容範囲もそれぞれ違う。君からはオリバーがレミントンに寄りかかりすぎているように見えたかな」

「はい。レミントンにはもっと彼を労ってくれるパートナーがいたらいいのにって思ったんです」

自分がレミントンの傍にいたら、こんなふうに声をかけ、あんなふうにサポートするのに——そう思いながら、ミユキはキーボードを叩いていた。

「なるほど。君のそんな思いが込められていたんだ。気になってたんだけど、もしかしてあのオリジナルキャラクターは君自身がモデル？」

「へ？　あっ、いや、それは——」

ショーンの指摘にぎくりとする。こんな簡単に自己投影を見抜かれるとは。いきなり図星を指され、声が裏返ってしまう。

「違った？」

「い、いえ、違わないです。どうして、わかったんですか……？」

ショーンに嘘はつけない。ごまかしたところで見抜かれるのがオチだろう。

「初めて会ったときの印象が似てると思ったんだ。君がモデルなのに、どうして女性キャラに？」

「えっと、あの、それはその、男だと自分そのままですぎてちょっと恥ずかしくて……」

自己投影と願望を込めすぎて、堂々と夢小説を公開する勇気がなかった。

主人公を若い女性に変更したのは、性別と年齢を変えれば自分からはだいぶかけ離れるし、主な読者層とも近い設定になるからだ。

「何を恥ずかしがることがあるんだ？」

「ちょっと夢見がちすぎるなって……」

「そんなことを云ったら、俺の映画のほうがよほど恥ずかしいだろう。あんなに俺の願望を詰め込んでるっていうのに」

「えっ、レミントンはショーンの願望を詰め込んでるんですか!?」

「日常生活では目立たず、ここぞというところでは人々のために活躍するけど誰にも知られず一人ほくそ笑んでる——そんな男が俺の理想だったんだ。なかなかに根暗だろう？」

「ええと……」

　美雪は返事に困ってしまう。煌々《こうこう》としたスポットライトの当たるスターダムを歩いてきたショーンの願望というところが生々しい。

「創作の内容が願望だろうがただの想像だろうが関係ない。あれだけキャラクターを生き生きと描写できるんだから、君にはプロの作家としてやっていくだけの実力があると思う。いま以上に多くの人を楽しませることができるはずだ」

「僕にそんな力はありません。飽くまでファンフィクション——原作の魅力を生かした二次創作だったから、ショーンの目に留まる作品が書けただけです」

「俺が目にしたのはプリシラが教えてくれたからだが、素晴らしい作品でなければ彼女の目に留まることもなかったはずだ。君がそんなに自信が持てないのは、何か嫌な思い出でもあるからか？」

「！」

どうしてショーンは自分のことをこうも見抜いてしまうのだろう。監督という職業柄、観察眼が優れているのかもしれないが。

「――そうかもしれません」

あるできごとがきっかけで、美雪はオリジナルの作品が書けなくなった。一時期は二次創作からも離れていたほどだ。

「何があったか聞いてもいい？」

当時のことは、親友の雨音にも全部は話していない。

だけど、自分の心を打ち明けてくれたショーンになら話せるかもしれない。

「大学生のとき、文芸部――それぞれ小説を書いて批評し合うサークルに入ってたんです。そこに卒業した先輩がよく顔を出してくれていたんですけど、その人が大手出版社の方だったんです」

美雪より十歳年上の、趣味のマリンスポーツで日焼けした顔がトレードマークの大柄な男だった。

文芸誌の編集者で、たくさんの有名作家を担当していると自慢していたのをよく覚えている。

「その人が僕の作品を読んで、少し手直しすればデビューできるって云ってくれたので、彼の指導を受けてました。最初は自分で気づかないような指摘をあれこれとしてもらえてありがたかったんです。でも、云われたとおりに直さないと不機嫌になる人で……」

「自分の指摘が気に食わないのか」「時間と労力を割いてやっているのに何もかも無駄だった」などと責め立てられた。

「それは辛いな」

「僕の受け止め方がよくなかったのかもしれないんですけど、思いどおりの作品を書かせるための道具と思われているような気がして、書くことが楽しくなくなっていっちゃったんです」

「そんなふうに指導されたら、誰だって楽しくなくなる。高圧的にあれこれ云うのが指導だと思っている人間がまだいるんだな」

「それだけならまだよかったんですけど、急に呼び出されてはあちこち連れ歩かれるようになって――」

まるで恋人のように扱われるようになり、ある日彼の部屋に連れていかれた。やけに酒を勧められるなと思っていたら、突然押し倒された。必死に抵抗し、這々《ほうほう》の体《てい》で逃げ出したけれど、それ以来サークルにも行けなくなり、彼とは顔を合わせていない。

翌日、誰かに告げたらどうなるかわかってるだろうな、という脅しのメールが来たこともあり、誰にも相談することはできなかった。

明らかに様子のおかしい美雪を訝《いぶか》しんだ雨音が追及してきたけれど、恥ずかしさから襲われかけたことまで話すことはできなかった。

オリジナルの物語を書こうとすると当時のことを思い出してしまう。そうして、美雪は二次創作に没頭するようになった。

もうただの過去になったと思っていたけれど、こうして話すと当時の痛みがまざまざと蘇ってくる。

「いいんだ。云いにくいことまでは云わなくていい」

「……！」

途中から言葉を紡げなくなった美雪の手を、ショーンが優しく握ってくれる。その温かさに、蘇ってきた嫌な思い出で強張った気持ちが和らいだ。

「辛いことがあったのに、また物語を書こうと思ってくれてありがとう。君が作品を書いてくれなかったら、こうして君と出逢うこともできなかった」

過分な言葉と包み込むような眼差しに胸が熱くなる。

「そんな、お礼なら僕が云わないと……！　『ザ・プログレス』を見なかったら、僕は二度と創作をすることもなかったんです」

創作意欲をなくし、一方的に読むばかりになっていた美雪だったけれど、彼らの物語をもっと見たい、自分でも紡いでみたいと思ったからこそ、再び文章を書こうと思ったのだ。

「だったら、俺たちの出逢いは運命ってことだな——って、ちょっとくさすぎたかな」

気恥ずかしそうに混ぜ返すショーンの横顔に、美雪はきゅんと胸が締めつけられる。

「……僕もそう思いたいです」

「本当に？　そう云ってくれると嬉しい」

ショーンは真夏の太陽のように破顔した。その笑顔にこれまでとは少し違う胸の高鳴りを感じる。

（……何でこんなにドキドキするんだ？）

緊張しているときは、いつも指先が氷のように冷たくなる。なのに、いまは指先だけでなく体中が発熱してるみたいに熱い。

長旅の疲れが出て、熱っぽくなっているのだろうか。旅先で体調を崩したら、招待をしてくれたショーンに迷惑をかけることになってしまう。

病は気からと云うし、あまり思い詰めると余計に具合が悪くなりかねない。少し休めばよくなるはずだ。

「ほら、あそこがアン＆ナンシーだ」

路肩に停車する。指し示された方向には、外壁をピンクと白のストライプに塗った可愛らしいアイスクリームショップがあった。

映画の中では看板は違うものに取り替えられていたけれど、フォントや色は同じだ。平日にも拘わらず、女性客がちらほら見える。

「すみません、写真を撮ってきてもいいですか？」

「せっかくだから中で食べていこうか」

「え！　でも、ショーンがお店に行ったら騒ぎになっちゃうんじゃ……」

店内でレミントンと同じようにアイスクリームを食べてみたい気持ちはある。

だけど、あそこはファンの中では聖地中の聖地だ。いまのところ誰にも声をかけられてはいないけれど、確実に気づかれてしまう。

いまフレーバーを選んでいる女性もファンのような気がする。

「どうだろう。まだこの時間は混んでないし、大丈夫じゃないかな？　俺も久々にあそこのチョコレートアイスを食べたくなった」

「いや、でも、危険なことはやめといたほうがいいと思います。車の中で食べてもいいなら、僕が買ってきます」

「そうか……。まあ、そのほうが安全か。悪いな」

「あの、よかったらご馳走させてください。大したお礼にもなりませんけど……」

今回の招待のお返しにアイスクリームではまったく見合っていないけれど、感謝の気持ちくらいは示したい。それに美雪一人で買いにいけば、無用な騒ぎは起こらない。

「わかった。ここはミユキに甘えよう。じゃあ、俺はチョコレートとチョコミントのダブルをカップで。あそこのチョコレートアイスは絶品なんだ」

「わかりました！　すぐ買ってくるので待っててください」

少し離れたところに車を停めてもらい、小走りに店へと向かう。

店に入る前、美雪はふと視線を感じた気がして振り返った。

「？」

ショーンの視線だろうかと思ったけれど、運転席に座る彼はスマートフォンを弄《いじ》っているのか手元に目を落としている。

（……気のせいかな？）

さっきもショーンに気づいた観光客からの視線はちらほら感じたけれど、それとはどこか違う。しかも、いまは美雪一人だ。注目を浴びる理由がない。

少し神経質になりすぎているのだろうか。

ショーンを待たせているのだからのんびりはしていられない。店内に入り、美雪は注文を待つ列に並んだ。ぼんやりしているうちに追い越され、店が混み合ってきてしまった。

「バニラとブルーハワイで！」

「私も同じのください！」

前に並んだ女性客二人の注文に耳をそばだてる。

（ザプロのファンの人だ！）

同好の士が目の前にいることに嬉しくなる。畏れ多くもショーンに案内してもらっているという状況でなければ声をかけて話をしたいくらいだ。

ぐっと我慢し、順番が回ってくるのを待った。

「ええと、チョコレートとチョコミントのダブルと、チョコレートとバニラのダブル、どっちもカップでお願いします」

自分のぶんは推しカラーのバニラと、ショーンに倣《なら》ってチョコレートにしておいた。

「はい、お待たせ！　チョコレートとチョコミント、チョコレートとバニラね。どっちも最高の組み合わせだから楽しんで！」

不慣れな注文の仕方で観光客だとわかったのだろう。女性店員は美雪にアイスを手渡すとき、気さくにそう声をかけてくれた。

「ありがとうございます」

カップから零《こぼ》れ落ちそうに盛られたアイスには、店名の入ったハート型のチョコレートが刺さっている。

せっかくの聖地だというのに両手でカップを持っていると写真が撮れないということに気づいたが、まずはショーンのところにアイスを届けるのが最優先だ。

（ちょっと時間食っちゃったし）

アイスを落とさないよう慎重に来た道を戻る。すると、行く手に人だかりができていた。ここを通らなければ、ショーンの車のところへは戻れない。

「何だろ？」

ストリートショーでも始まったのだろうかと人の頭の隙間から覗いてみる。必死に背伸びをしていた美雪は、人の輪の中心にいた人物に驚きの声を上げた。

「ショーン!?」

美雪の懸念どおりファンに見つかってしまったらしく、ショーンは大勢の女性に囲まれていた。彼の周りは熱に浮かされたような異様な雰囲気になっている。

（どうしてこんなことに……）

車の中で待っていてもらうことになっていたはずだ。しかし、近くにショーンの車が見当たらない。あの車はショーンの愛車だと知られている。用心して違う場所に移動させたのかもしれない。そのあと、美雪を迎えに徒歩で戻ってきて、ファンに気づかれてしまったといったところだろうか。

「ショーンがこんなとこにいるなんて珍しくない？」

「ねー！　オフはほとんど家から出てこないみたいなのにね」

「こんなチャンス二度とないよ！　絶対、今日はサインもらう！」

偶然居合わせた女性たちが意を決して、ショーンを囲む輪の中に飛び込んでいく。

元々、ティーン向けの恋愛映画でその人気に火が点《つ》いた彼だ。俳優業を辞め、映画監督となったいまもファンの熱心さは変わらないようだ。

「昔からずっとファンなんです！　サインしてください！」

「いいよ、何にする？」

「このTシャツにお願いします！」

「私もお願いします！」

ショーンは嫌な顔一つせず、乞われるがままにサインをしている。ファンの熱量は彼のサービス精神にも由来するのかもしれない。

「一緒に写真撮ってもらっていいですか？」

「あー、ごめん。今日は人数いるから、また今度。サインまだの子はいる？」

ショーンの問いかけに、いくつもの手が挙がる。憧れの眼差しで見ている男性もいるけれど、女性たちの迫力には敵《かな》わないようで遠巻きに眺めているだけだ。

皆一様に瞳を輝かせ頬を紅潮させている。本来なら手の届かない存在が目の前にいる高揚感は美雪にもよく理解できた。

（やっぱりすごいな……）

ショーンがハリウッドセレブの一員だということを改めて思い知る。丁寧なファンサービスに感心していたら、手に冷たい感触がした。

「あっ、アイス！」

ショーンのぶんと二つ、アイスクリームを買ってきていたのだった。一刻も早く食べなければ溶け落ちてしまう。

（どうしよう）

悩んだ末、美雪は思い切って大きな声で名前を呼ぶことにした。

「あ、あの！　ショーン――」

背伸びをしながら手にしたアイスのカップを掲げる。気づいてくれたら、アイコンタクトで何か伝わるかもしれない。

「ちょっと！　順番なんだから割り込まないでよ」

「うわっ」

近くにいた美雪よりも体格のいい女性から肘鉄を食らい、派手に尻餅をついてしまった。その勢いでアイスの片方が服にべったりついてしまう。

「……あ……」

やってしまった。バニラとチョコレートのカップがもろにサマーニットの前面に貼りついている。

「何よ、いまのは私は悪くないからね！」

美雪を突き飛ばした女性はそう云って気まずそうにその場を離れていった。

巻き添えを食らいたくなかったのか、近くにいた人たちもみんな距離を取ったため、美雪の周りに丸く空間が開いた。そのせいで視線が一気に集中する。

羞恥でカッと顔が熱くなる。まさに針のむしろだ。大勢の視線が怖くて、美雪は顔が上げられなかった。こんな大失敗をしてしまうなんて。

（いますぐ消えてなくなりたい）

自分がアイスを買いにいくだなんて余計なことを云わなければ、ショーンがファンに見つかってしまうことも転んで服を汚してしまうこともなかった。

いつもいつも余計なことをして、人に迷惑をかけてしまう。上手くできないのなら、大人しくしているのが一番だ。

ずっとそうやって凌いできたというのに、異国の地と憧れの人に舞い上がってしまった。

きっと、ショーンも呆れているだろう。よかれと思って名所に連れてきてくれたのに、彼の厚意を台無しにするようなことになってしまった。

一体、どう詫《わ》びたらいいのか――。

「ミユキ!?　大丈夫か？」

立ち上がりあぐねていた美雪の元へショーンが血相を変えて駆け寄り、膝を折って跪《ひざまず》いた。

「だ、大丈夫です。あはは、すみません、ドジっちゃって」

とんでもないやらかしに笑ってごまかすしかない。けれど、失敗で注目を浴びる羞恥と居たたまれなさに血の気が引いて手が震えている。

「謝らなくていい。君が悪いわけじゃないんだから。すまない、やっぱり一緒に行くべきだったな。どこか傷めたりはしていないか？」

「は、はい、服以外は問題ありません。あ、ショーンのアイスは無事ですから」

「ありがとう。ミユキが身を挺《てい》して死守してくれたんだから大事に食べなきゃな」

ショーンはカップを握った美雪の手を包み込むように握り、溶け落ちていくアイスクリームを舐《な》めた。

「……！」

その瞬間、周囲から空気を引き裂くような黄色い悲鳴が上がる。

指まで一緒に舐められた美雪の血液は一気に沸騰し、身の置きどころのなさなどふっとんでしまった。

（な、何が起こって――）

彼の舌の感触と、上目遣いにこちらを見てくる目線に昇天しかけた。古典的だが、興奮で鼻血が出かねない。

何の言葉も出てこず、ぱくぱくと金魚のように口を開けていた美雪に、ショーンはイタズラっぽく笑う。

「おっと、人目があったな。近くのスタジオで着替えさせてもらおう。服の予備もたくさんあるから」

ショーンはアイスを受け取ると、もう一方の手で美雪の手を引き立ち上がらせてくれた。

「みんなごめん。先を急ぐから今日はこれで終わり」

ショーンは美雪の肩を抱くようにしてその場を立ち去った。

7

二人で車のところまで急いで戻ったが、誰も追いかけてはこなかった。

「さあ、乗って。ここにいたら直《すぐ》に見つかる」

「でも、このまま乗ったらシートが汚れちゃいます」

ダメになってしまったアイスのカップは途中でダストボックスに捨ててきたけれど、べったりとアイスがついたサマーニットはそのままだ。

「気にしなくていい。車だってクリーニングできるんだから」

押し込まれるようにして乗り込むと、ショーンは車をすぐに発進させた。ハンドタオルで服についた汚れを拭きつつも、胸の高鳴りが治まらない。

（手を舐められてしまった……）

衝撃的すぎるできごとに頭と心がついていかない。へたり込んだ美雪に手を差し出してくれたショーンは、まさに映画の中のヒーローだった。

「すみません、あんな騒ぎになってしまって……」

「騒ぎの原因は俺なのに、どうしてミユキが謝るんだ？」

「アイスを食べたいなんて云い出さなければ、あんなことにならずにすんだわけですし……」

無事だったカップはドリンクホルダーに収められているが、だいぶ溶けてしまっている。

「むしろ俺がもっとちゃんと隠れておくべきだったんだ。彼女たちに押されたんだろう？　あの子たちも悪気はないんだけど、ああなると周りが見えなくなるんだよな」

「いつもあんなふうなんですか？　大変ですね」

「今日は比較的平和なほうだよ」

「あれで……？」

　騒がれることに慣れてしまっている人はすごい。

　人通りの少ない場所で、ゆっくりと車が停まる。ここなら誰かに見つかる可能性は低そうだ。

「一つダメになってしまったのは残念だったけど、君のお陰でこれは無事だったろ？　せっかくだから一緒に食べよう」

「僕はいいので食べてください。それはショーンのぶんなので」

　どんな味か気にはなるけれど、そもそもショーンへのお礼の気持ちで買ってきたものだ。ミユキが食べるわけにはいかない。

「一口でいいからミユキにも食べて欲しい。足りなかったらまた明日買いにいけばいいさ。ほら、早くしないと溶ける」

「そ、それじゃ一口だけ……」

　そう返すと、アイスを掬《すく》ったスプーンを差し出された。

「はい」

「え？」

（これはそのまま食べろってこと……？）

ショーンの表情を見る限り、本気のようだ。美雪は意を決し、雛鳥《ひなどり》よろしく口を開けた。

スプーンを差し込まれると同時に、チョコレートアイスの濃厚な甘さが口いっぱいに広がる。なのに後味が甘ったるくなくスッキリとしているのが不思議だった。

まさかショーン・ブラックウェルに手ずからアイスを食べさせてもらう日が来るとは――妄想の範《はん》疇《ちゅう》を超えており、現実感がない。

「美味《うま》い？」

「は、はい」

嬉しそうに同意を求めるショーンの笑顔が可愛くて、きゅんとときめいてしまう。

（この人は僕を萌《も》え殺す気だろうか）

画面やインタビューで目にする彼は、クールでセクシーなイメージが強い。映画作りにはどこまでも真摯で職人のような面があることも知っていた。

けれど、実際の彼は無邪気な少年のような雰囲気がある。

アイスを自分のスプーンで食べるよう勧めることにも、他意はないのだろう。美雪に食べさせたあとに掬《すく》った二口目を自分の口へと運ぶ。

「うん、美味い。じゃあ、次はチョコミント」

「へ？」

同じように今度はチョコミントアイスを食べさせられる。ショーンは最後までそうやって二人で食べるつもりのようだ。

（……あれ？　ちょっと待って。これって間接キスでは？）

ふと、そんな事実に気づいてしまった。さっき指に触れた舌の感触も一緒に思い出し、ぶわっと顔が熱くなる。

そんなことを考えるほうがいやらしいのだ。背徳感に襲われた美雪が懊悩《おうのう》しているうちに、ショーンはあっという間にアイスを平らげてしまった。

「ごちそうさま。いままで食べた中で一番美味しいアイスだった」

「……っ」

唇を舐める仕草にドキリとする。さっき手を舐められたことをまざまざと思い出してしまった。

些細な仕草一つでもエロい。さっきはまるで少年のようだったのに、不意打ちでフェロモンを垂れ流してくるから困る。

不整脈を刻む心臓を深呼吸で落ち着けていたら、車が発進していた。

「これからどこに行くんですか？」

「そのままの格好でいるわけにはいかないだろう？　着替えを借りられるところに行こう」

向かった先はスタジオだった。映画のオープニングでよく見るマークの看板を通りすぎ、車のままゲートを入っていく。

ショーンは警備員に気さくに声をかけたあと、慣れた様子で関係者専用と書かれた駐車場に車を停めた。

そして、同じく慣れた足取りですたすたと歩いていく。辿り着いた建物の間を抜け、白いビルへと入っていった。

「あ、あの！　こんなところに部外者を連れてきてしまって大丈夫なんですか？」

「何を云ってるんだ。君は俺の関係者だろう？　着替えたら、スタジオ内を案内しよう」

大きな業務用らしきエレベーターがあったけれど、長い足で階段を上り、手前の部屋のドアをノックもせずに開けた。

彼が入っていったのは、衣装部屋のようだった。色とりどりの華やかな衣装が、所狭しとかけられている。真ん中の大きなテーブルに広げられているのは、新しい作品のためのデザインだろうか。

「ケニー、ちょっといいか？」

「ショーン？　今日は何しに来たの？」

「ちょっとトラブルがあって、連れの服がダメになったんだ。使う予定のない服があったら貸して欲しくて」

「お、お邪魔してます」

ショーンに肩を抱えられ、美雪の体が前に押し出される。ケニーと呼ばれた黒い肌に鮮やかな青い髪をした男は、目の覚めるような色鮮やかなジャケットを身に着けていた。片方の耳を飾るゴールドのピアスと大ぶりの指輪が印象的だ。

「彼はミユキ。俺の大事な客人だ。で、彼はケニー。ハリウッド一の有能なスタイリスト」

「今日はずいぶんリップサービスしてくれるわね……って、大変！　チョコレートアイスの染みはなかなか落ちないのに。すぐ脱いじゃって！」

「あ、あの、安物なので全然大丈夫です」

鼓膜に響く低い美声と柔らかな口調がフェミニンな雰囲気を際立たせている。

「どんな値段の服だって可愛がってあげなきゃ！　この子だって素敵じゃない。大事にすれば、ちゃんと輝いてくれるのよ？」

「は、はあ……」

熱弁に圧倒される。服をこよなく愛している人なのだろう。

「ところでショーン。このかわいこちゃんはどこで見つけてきたの？　かなりの原石じゃない！」

「だろう？　俺も初めて会ったとき、すごくインスピレーションを受けた」

「一見地味だけど、カメラ映えするタイプねえ。もうちょっと身長があると尚《なお》よかったけど、顔が小さいからバランスはいいわね。小柄でユニセックスな雰囲気がいまどきですごくいい。髪をもっと伸ばしてもいいんじゃない？　売り出すなら私に任せて」

　初めはテンションの高い声色だったけれど、段々と真剣味を増していく。

「やる気になってくれてるようだが、彼は役者じゃなくて脚本家なんだ」

「え、嘘」

「ちょ、何云ってるんですか!?」

　自分が脚本家なんてあり得ない。ジョークか何かだろうとショーンの次の言葉を待っていたら、さらに信じられない発言が続いた。

「正確にはこれから口説くところなんだ」

「へ？」

　簡単な英会話はできるけれど、脚本が書けるようになるにはまた違った勉強が必要になる。

「映像には向かないと云っていたが、構成次第で解決する。俺やプリシラが手を加えるよりもミユキ自身が書いたほうが作品の空気が生きてくると思うんだ」

「ちょ、ちょっと待ってください！　僕は趣味でしか文章を書いたことがないんですよ？　しかも、英語の文章は苦手なのに……」

　ショーンは自分に夢を見すぎている気がする。あの話を上手く書けたのは偶然で奇跡だと何度説明すればわかってもらえるのだろうか。

「大丈夫、ノウハウは俺が手取り足取り教えるから」

「やーね、云い方がやらしいわよ、ショーン。下心が漏れてる。出演者には手をつけないのがモットーじゃないの？」

「そのとおりだが、ミユキは出演者じゃないからね」

「そういうの屁理屈っていうのよ。身の危険を感じたら、私に相談してね——っていうのは冗談だけど、ショーンが口説くつもりってことは才能あるのね。若いのにすごいわ」

ケニーは感心した様子だ。

「いえ、ちょっと趣味で文章を書いているだけで……！」

映像化したいというショーンの申し出は断るつもりだし、自分には脚本家など荷が重すぎる。

「趣味で書いてたものを、ショーンに見出されたってわけか。ますますすごいわね。どんな作品なの？」

「いや、それはその——」

自分を主人公とした妄想の二次創作だとは答え辛く、口ごもってしまう。

「企業秘密だ。気安くペラペラと内容を話せるわけないだろう？」

「そりゃそうね」

ははは、と二人は笑い合っている。どうにかして話を逸《そ》らしたいが、そのための話題も話術も美雪は持ち合わせていない。

「あ、あの……」

「そうだった、美雪の着替えだったな。ケニー、彼に似合う服を見繕ってくれ」

「お喋《しゃべ》りしてる場合じゃなかったわね。いますぐ、変身させてあげるから待ってて！　そうねえ……これとこれでどうかしら。やっぱり、こっち？」

　ケニーはラックにかかっていた衣装を次々に取っていく。最終的に決定したアイテムを渡されながら、美雪は疑問を口にした。

「あの、でも、ここにある服は衣装なんですよね？」

「破損したときの予備だから気にしないで。あとでショーンに代金を請求するから、返してくれなくても大丈夫よ。ほら、早く着替えて着替えて。その服はクリーニングに出しておいてあげる」

「は、はあ……」

　オーバーサイズの黒いＴシャツと細身のスラックスはともかく、自分では選ばないような鮮やかな黄色いジャケットに怯《ひる》んでしまうが、汚れたままの服を着ているわけにもいかない。

　普段は白いシャツにベージュやグレーのパンツというシンプルな服ばかり選んでしまう。手持ちのもので一番派手なのは、取引先からもらった販促グッズの紫のＴシャツだ。

　アイスが他の服につかないよう気をつけて脱ぎ、渡された服を身に着ける。サイズはぴったりだったが、慣れない出《い》で立ちに落ち着かない。

「着替えましたけど……」

「あら、いいわね！　その靴を履いてここに座って」

ジャケットと揃いの色のスニーカーを履き、美容院のような鏡の前に座らされる。

「あら、髪色地毛なのね。艶々で羨ましい！　ほら、こうしたら顔がよく見えていいでしょう？」

眉を整えられたあと手早くブローされ、鮮やかな手つきでセットされていく。

「ほら、見違えた！」

鏡の中の自分はまるで芸能人のような格好をしていた。美雪は魔法をかけられたシンデレラのような気持ちになる。

自分では似合ってるのかどうかよくわからなかったけれど、二人の表情は満足そうだ。

「よく似合ってる。でも、ミユキは元々素敵なんだから見違えたって表現は違うんじゃないか？」

「それはごめんなさいね。ショーンたら、ずいぶんご執心なんだから。デートの途中だったんでしょう？　さあ、早く行った行った。惚気《のろけ》はもうお腹いっぱいよ」

「ありがとう、ケニー。助かったよ」

「貸しは高いわよ」

ケニーはバチンと音がしそうな派手なウインクをし、美雪たちを送り出してくれた。

8

「ミユキ！　こっちこっち！」

ショーンに連れてこられたレストランに足を踏み入れると、奥の席からプリシラが手を振ってきた。

看板は出ておらず、センスのいい個人の邸宅のような店構えだったが、中はそれなりに賑《にぎ》わっていた。品のいい音楽が流れ、明かりも程よく抑えられている。

テーブル同士の距離も客の会話が気にならない程度にそれぞれしっかりと間隔が取られていた。

「待たせてすまない」

「いいのよ、私が早すぎただけだから」

「素敵なお店ですね」

「この店は会員制なの。客に身元の怪しい人間はいないから安心して。パパラッチなんてどうやっても入り込めないから。その代わり業界人だらけだから不倫の密会に使うとすぐ噂《うわさ》になるんだけど」

「噂になった人がいるんですか？」

「脇の甘いやつが何人かいたな。けど、大抵はみんな家族団欒《だんらん》に利用してる。あそこにいるのはセオドア。スミス監督の家族だ」

ショーンが笑顔で手を振った先を見ると、刑事ものを得意とするベテランの映画監督が妻子と共にテーブルについていた。

「彼のナイトウォッチシリーズも大好きです！」

派手なアクションとバディの熱い友情が彼の作品の持ち味だ。以前は男の世界を主に撮っていたけれど、最近は女性主人公をメインに据えているものも多く新たな境地を開拓している。

「好きならあとで紹介しようか？」

「そそそそんな滅相もない！　映画を見ているだけで十分ですから！」

よくよく見ると、周囲の客はハリウッドの錚々《そうそう》たる面子《めんつ》ばかりだ。店の周辺には不自然に停まっている車が何台もあったけれど、あれはパパラッチの張り込みなのかもしれない。

「料理はてきとうに頼んじゃったけどいいわよね？　飲み物は好きなもの注文して」

「ありがとうございます」

メニューを受け取って眺めるが値段が載っていない。こういうとき値段を聞いてもいいものだろうか。

普段垣間見《かいまみ》られないセレブの世界に連れてきてもらっているというのに、どうしても庶民感覚が抜けない。迷った末、美雪はショーンと同じものを頼んでおいた。

先にオーダーしてあった料理が次々と届く。メインはステーキで、その大きさと分厚さに目を瞠った。果たして食べきれるだろうか。

「スタジオ見学はどうだった？」

「ずっと見てたドラマのセットに入れてもらえて感動しました。裏に主人公が乗ってる車もあって座らせてもらったんです」

そのドラマは二十年くらいやっている人気の長寿番組で、主人公は世代交代をしながら続いている。代々引き継がれている主人公の愛車が番組のトレードマークなのだ。

「あの車、あんなにボロくても動くのすごいわよね」

「見た目はくたびれてるがけっこういい走りをする。実は一度こっそり運転させてもらった」

「え、いつ？」

「二十歳の頃かな」

「ちょっと、羨ましすぎるんですけど」

「だろ？」

何気ない雑談すら一般人の美雪には考えられないような内容で、つい聞き入ってしまう。彼らにとっての日常は、自分には夢の世界だ。

「ところでさっきから気になってたんだけど、そのミユキの服と髪はどうしたの？　ずいぶん変身してきたじゃない」

「あ、実は不注意で服をアイスで汚してしまって……」

「アイス？」

美雪の返答にプリシラは眉根を寄せた。

「スタジオが近かったし、ケニーのところで見繕ってもらったんだ」

「スタジオの近くってことはアン＆ナンシーに行ったの？　あそこはファンが常に待ち構えてるから近づくのよしなさいって云ってあるでしょ！」

　プリシラが血相を変えている。

「そうだったか？」

　やはりショーンは美雪のためにかなりの危険を冒してくれていたらしい。

「あ、あの！　すみません、僕が行きたいって云ったんです。聖地だから一度あそこのアイスを食べてみたくて」

「それなら私に云ってくれたら代わりに買いにいったのに。それで大丈夫だったの？」

「ファンに見つかって囲まれた」

　心配していたとおりの状況になったと知り、プリシラは額を押さえる。

「やっぱり……。どうせ服が汚れたのはファンの波に巻き込まれたせいなんでしょ？」

「いえ！　僕の不注意で転んでしまって……」

　焦るあまりに割って入ろうとしたのが原因だ。あれはファンの子が悪いわけではない。

「怪我《けが》はしなかった？　暴力を受けたりしてない？」

「全然大丈夫です！　アイスが一つダメになっちゃいましたけど。ていうか、暴力って……？」

「一部に過激なファンの子もいるから、ショーンと親しいとわかると嫉妬されて嫌がらせを受けたりするのよ。昔よりは減ったけど、とくに熱心な子たちは残ってるから」

「俳優を引退しても、ファンの熱量はすごいんですね」

「あなただってそのファンのうちの一人でしょ？　彼女たちにお仲間だって知られたら何をされるかわからないんだから不用意な発言は控えたほうがいいわよ」

「き、気をつけます」

　確かにいまの美雪の状況は、一人抜け駆けしているようなものだ。他のファンの誰かがこうやってショーンの歓待を受けていると知ったら、美雪だって妬ましく思ってしまうはずだ。

「あまりミユキを脅かすな。彼女たちだって悪い子ばかりじゃないだろう」

「何云ってるの。人気がピークだったときはファンも相当過激になってたじゃない。危険を感じて身代わりを雇ってたって聞いたわよ」

「ああ、そんなこともあったな」

「え？　プライベートでですか？」

　映画を撮るときに危険なアクションを代行してもらうスタントダブルという職業があるけれど、私生活でも必要になるなんて美雪には想像もつかない日々だったのだろう。

「ファンの子たちの中にも派閥みたいなものができてきてね、その中でいくつかのグループが張り合うように行動が過激になっていったのよね」

「あれはもう俺に会いたいというより、ライバルに勝ちたいって気持ちのほうが大きかったんじゃないかな。どうやって入ったかわからないけど、ホテルの部屋に戻ったらベッドで女の子が全裸で寝てたことがあった。あれはさすがに参ったよ」

「部屋にいたんですか!?」

「真っ暗な部屋に人影があって軽いホラーだったね。幽霊でも出たかと思ったよ」

「幽霊って危機感なさすぎでしょ。そのときはどうしたの？」

「マネージャーとも別れたあとだったし、説教して服を着せて返したよ。そのときは大人しく帰ってくれて助かった」

「裸で飛び出されて『襲われた』って騒がれなくてよかったじゃない」

「俺のファンにはそこまで悪い子はいないよ。少し周りが見えなくなるだけで」

スターにとって貴重な存在のはずのファンだが、一歩間違えれば脅威になることもある。

「一時期は買い物にすら行けなくて困ってた。お陰で変装が上手くなったけど、そのうちこそこそするより堂々としてたほうが行動しやすいって気がついてね。注目は浴びるし、写真は撮られるけど、けっこうみんな気を遣ってくれるんだ」

「確かにアイスクリームショップに行くまでは、ショーンに気づいた人も話しかけてくることはなかったですね」

ハリウッドは、映画関係者が街中を普通に歩いている。住民や観光客にとっても日常的な風景なのだろう。

「新しいスターが出てきたら、ごっそりそっちに移ってくれて生活しやすくなった。人気なんていうのは大半が一時の熱病みたいなものだしね」

「ファンの数は減ったけど、過激さは増してるじゃない。俳優より監督のほうがイケるって思われてるのよ」

「イケるってどういう……？」

「ホテルで待ち伏せしてた女の子みたいに一晩のお相手、欲を云えばステディな関係になれるかもしれないってこと。そんなの絶対あり得ないのに」

「で、ですよね、ショーンみたいな人には常に素敵な恋人がいるんでしょうし……」

自分の言葉にズキリと胸が痛む。

(何だ、いまの)

胸に刺すような痛みが走った気がした。

ショーンの歴代の彼女のことは、ゴシップ記事が情報元だが美雪も知っている。どの女性もそのときのトップスターばかりで、誰もが憧れるようなビッグカップルと騒がれた。

「はは、そんなことはないよ。ここしばらくはフリーだし」

「え、恋人いないんですか？　あの、でもこの間——」

「ああ、リリーのこと？　彼女はただの友人だよ。というかスクープされた女性はみんなそうなんだけど」

「みんな……？」

これまでスクープされるたび、毎回、本人はノーコメントを貫いていたけれど、どれもフェイクだったからということだろうか。

「ショーンはね、ゲイなの」

「――え？」

さらりとプリシラが爆弾発言を落とす。

「別に隠してるわけじゃない。ただ、記事にするほうも女性との熱愛のほうが反応がいいらしくて真実を書こうとはしないんだ。害はないから放ってある」

「前は素敵な恋人がいたけど、仕事が忙しすぎて振られちゃったのよね」

「恋人がいたのはだいぶ前のことだ。いま、俺にとっての恋人は映画だよ。誰よりも魅力的すぎて離れられない」

恋人は映画だというショーンの言葉に、何故か胸を撫で下ろしている自分がいた。

(何で僕はほっとしてるんだ？)

一人の恋人よりも映画に注力して欲しいファン心理だろうか。

「ミユキはどうなの？　いまは恋人はいる？」

「あー、僕はそういう人は全然です。僕の恋人も映画かも。映画がない生活なんて考えられません」

ショーンのように恋人がいたことも、まともな恋愛をしたこともない。けれど、だからといって満たされていないと感じたことはなかった。

この世にはまだ見ていない素晴らしい映画がたくさんある。退屈する時間など少しもない。

「そうなのか。やっぱり、ミユキとは気が合うな」

「あら、それなら私だって映画が恋人よ。それとワインね」

そう云って、プリシラは掲げたグラスにキスをする。

「プリシラはワインに目がないんだ。頼みごとがあるときは珍しいワインをプレゼントするといい」

「日本のワインも飲んでみたいのよね。ウイスキーがあれだけ美味しいんだから、ワインだって絶品だと思うの」

さっき頼んだワインはほとんどプリシラが飲んでしまったが、顔色一つ変わっていない。自他共に認める酒豪のようだ。

「じゃあ、今度贈りますね。僕の親友もワイン好きなのでオススメを聞いてみます」

雨音もかなりの酒豪だから、プリシラと気が合うかもしれない。

「本当に？　やだ、私が催促したみたいじゃない。でも楽しみ」

今回の彼らの歓迎のお返しとして、自分にできるのはそのくらいしかない。

「それにしても、今回のショーンの行動には驚かされたわ。まるで、あなたのファンみたいなことをしてるんだもの」

「ははは、ファンはタレントの鏡だしね。似てて当然だ」

「開き直らないで。ミユキだって驚いたでしょう？　ミユキの作品は素晴らしかったけれど、まさかショーン自身が直接連絡を取って会いにいくなんて」

「ものすごく驚きました。ていうか、いまでも夢を見てるみたいです」

「丸一日ショーンと一緒にいてまだ夢から覚めないの？　あ、ちょっと待って」

　プリシラがスマートフォンを取り出し、何やら打ち込んでいる。急ぎの案件でもあるのだろうか。様子を見守っていると、すぐに顔を上げ、イタズラっぽく微笑んだ。

「ミユキにサプライズプレゼントがあるの」

「え？」

「サプライズ？」

　ショーンも同じように驚いているから、プリシラ一人の考案のようだ。

「あ、来た来た。遅いじゃないの」

「ごめん、なかなか打ち合わせが終わらなくて」

「!?」

　さっきと同じように大きく手を振るプリシラの仕草に背後を振り返ったショーンは、固まっているように見えた。視線の先を追った美雪も、そこにいた人物に息を呑む。

（嘘……レミントン——じゃなくてイアンだ……！）

　ショーンの弟であり、『ザ・プログレス』の主人公レミントンを演じている俳優、イアン・ブラックウェルが笑顔でこちらに歩いてきている。

煌々しい佇《たたず》まいと存在感が否応なしに人目を引く。ショーンとはまた種類の違う空気を纏っており、美雪は本物のトップ俳優のオーラに戦《おのの》いた。

カメレオン俳優と云われるだけあって、レミントンを演じているときとはかなり雰囲気が違う。

彼は憑依《ひょうい》型の演技をするタイプで、インタビューなどで垣間見る素顔と役柄を演じているときは顔さえ違って見える。

堂々とした姿と朗らかなオーラはむしろ、相棒のオリバーのほうに近いかもしれない。ショーンが夜に咲く大輪のバラだとしたら、イアンは太陽の下を謳歌《おうか》するひまわりのようだ。

天性の才能がありながら、役作りの追求も半端ではないと専《もっぱ》らの評判だ。演じるキャラクターの設定や背景を読み込み、調べ尽くすらしい。特殊な職業の場合、実際に弟子入りして修行することもあるという。

肉体改造にもストイックに挑む。どんな過酷なトレーニングも黙々とこなし、スタントもほとんど自分でやってしまう職人肌の俳優だ。

目の前でブラックウェル兄弟が揃っているという事実が、美雪には信じられなかった。

（僕、今度こそ近いうちに死ぬのかな……）

こんな幸せなことがあっていいのだろうか。いつかしっぺ返しが来てもおかしくない。

「おい、ちょっと待て。プリシラが呼んだのか？」

ショーンの声に困惑が混じる。

「そうよ、サプライズって云ったでしょ？　『ザ・プログレス』の大ファンが来てるんだもの。主人公に会わせてあげたいじゃない。ね、ミユキもレミントンに会いたかったでしょう？」

「えっ」

ただの傍観者として小さくなっていた美雪は、急に話を振られて狼狽《うろた》える。

「いいでしょ、ショーン。ミユキのためにもね」

「……そうだな。夕食がまだなら一緒に食べていけ」

同席を勧める言葉とは裏腹に、ショーンはどこか気乗りしない様子だった。

「もちろん、そうさせてもらうよ。久しぶりだね、ショーン。レッドカーペット以来かな」

複雑そうな顔をしているショーンにイアンは嬉しそうに話しかけた。レッドカーペットというと数ヶ月前の『ザ・プログレス』の公開記念イベントのことだろうか。

兄弟でもお互いに多忙だと、なかなか顔を合わす機会もないのかもしれない。

「そうだったか？　お互い忙しいからな。お前は撮影でスペインじゃなかったのか？」

「脚本の手直しが入って、撮影の順番が入れ替わったからしばらくはスタジオ。ショーンは最近どうしてる？　脚本のほうは順調？」

「まああってところだな」

「新作にも端役でいいから出してもらえるといいけど」

「バカ云え。天下のイアン・ブラックウェルを端役なんかで使えるわけがないだろう」

「いいだろ？　友情出演ってことでさ」

立ち話が終わらない二人にプリシラがツッコミを入れる。

「二人とも、そういう話はイアンの注文がすんでからしたら？　すみません、メニュー持ってきてもらえる？」

「お言葉に甘えてそうするよ。プリシラも今日は声をかけてくれてありがとう」

イアンは感謝の意を告げながら、空いている席に腰を下ろす。

「どういたしまして」

「それで彼のことはいつ紹介してくれるんだ？」

イアンの視線が美雪に向く。ショーンたちと話すことにようやく慣れてきたというのに、イアンの登場で再び緊張感がぶり返す。

「彼はミユキ・クオンジ。ショーンが見出した若きクリエイターなの」

さらにプリシラに過分な褒め言葉で紹介され、ひたすらに恐縮した。

「クリエイターだなんてそんな……！」

「『ザ・プログレス』のファンなの？　嬉しいな。初めまして、イアン・ブラックウェルです」

「よく存じてます……！　あっ、僕は日本人で久遠寺美雪っていいます」

「そうなんだ。日本にもファンがいっぱいいるんだよね。プロモーションで行くたびに熱量に圧倒されるよ。あ、クリエイターって具体的には何を？」

「それは――」

その質問をされると困ってしまう。プロでも何でもない美雪をショーンが過大評価しているだけで、実際のところただの一ファンでしかない。

「ミユキは仕事の傍ら小説を書いてるんだ。彼と彼の作品からはすごく刺激をもらってる」

「ショーンはね、ミユキのその作品を映像化したいと思ってるのよ」

「映像化？　どんな話？」

「『ザ・プログレス』のファンフィクションなの。レミントンの人間的な内面を掘り下げた話で、すごく泣けるのよね」

「へえ、俺も読みたいな。ショーンが撮りたいって思うなんて、絶対面白いはずだ」

「え!?　いや、あの、それは――」

ショーンやプリシラに読まれたのも恥ずかしいが、レミントン役のイアンに読まれるのも恥ずかしい。だけど、拒むのももういまさらという気もする。

「ミユキは恥ずかしがり屋なんだ。あまり無理は云わないでやってくれ」

ショーンから助け船が出る。

「わかったよ、ショーンがそう云うなら我慢する。でも、そのうち脚本として読めるって信じてるから」

「！」

バチンと音がするようなウインクはショーンの仕草とそっくりだった。まったく似ていない兄弟にも共通点があるのだと感心する。

「それにしても、ショーンがそんなふうに手放しで褒めるなんてすごいんだね」

「そんなことは……！　ショーンが大袈裟なだけで……」

「そうなの？」

「美雪の自己評価が低いんだ。本当に素晴らしいものを書くんだが、俺の言葉は信じられないらしい」

ショーンは悲しそうな表情を浮かべる。

「そ、そういうわけじゃないんです！　ショーンに評価してもらえてものすごく嬉しいしありがたいと思ってるんですけど、あの一作が偶然よく書けただけじゃないかなって……」

「なるほど、奇跡のホームランだと思ってるわけだ。まあ、俺もまぐれで最高の演技ができる日もあるけど、その下地になるものがなければ偶然だって起こらないと思うな。君が大リーグでバッターボックスに立って千回バットを振る機会があったとしてホームランが打てると思う？」

「球に当てるのも無理です」

「だろ？」

嚙み砕いた喩《たと》え話になるほどと納得する。

「謙遜も過ぎると相手を否定することにもなりかねないし、褒め言葉は素直に受け取って図に乗っておいたほうが自分の糧になるよ」

「……はい」

イアンの苦言が耳に痛かったが、同時に反省した。自分の気持ちばかりで、評価してくれているショーンの気持ちを考えていなかった。

自己評価の低さから腰が引けてしまうけれど、謙遜すればするほど相手の言葉を信じていないように映ってしまうのだ。

「イアンの言葉は説得力があるわね。これで前向きに考えてくれるようになるといいんだけど。ね、ショーン」

「……そうだな」

ショーンのテンションはいつになく低い。

「イアン、先に料理を選べ。店の人も困るだろう」

「ごめん、そうだった。話に夢中になってる場合じゃなかったね」

ショーンに叱られたイアンは肩を竦めたあと、メニューも見ずに注文をすませた。

「ショーン、たまには家族の食事に顔を出してよ。母さんが淋しがってるからたまには連絡したら喜ぶと思う」

「三十を過ぎた息子にいまさら何云ってるんだ。感謝祭とクリスマスには顔を出してるだろう」

「去年は顔だけ出してすぐに帰っていったじゃないか。家族が嫌なの？　それとも、俺に会いたくない？」

「そういうわけじゃない。忙しいんだよ」

目も合わせず云い捨てる。

（……ショーン？）

どうもさっきからイアンに対するショーンの態度がおかしい。

表に出ている記事やインタビュー動画では兄弟の気の置けない様子が見られるけれど、いまはどこかピリピリしている。

（あんまり会いたくなかったのかな）

プリシラがわざわざイアンを呼び出したのは、美雪のためだ。そうでなかったら、ショーンが今日ここで彼と顔を合わせることもなかったはずだ。

ファンとしてはイアンに会えて嬉しい。だけど、ショーンの気持ちを考えると無邪気に喜んでもいられなかった。

9

「今日は会えて嬉しかった」

「こちらこそ、ご一緒できて光栄でした」

美雪はおずおずとイアンに差し出された手を握った。兄弟だからか、ショーンの手の感触とよく似ていた。

車係がそれぞれの車を順に店の前まで持ってきてくれる。

「ミユキのことはホテルまで私が送っていくわね。明日も朝からあちこち回るんでしょ？　ショーンは早起きに備えて早く休んで」

「いや、俺が送っていく。まだ話し足りないこともあるしな」

「でも――」

「プリシラだって予定があるだろう？　大丈夫だ、送ったらすぐに帰る。さすがに今夜は二軒目には行かないよ」

「それならいいけど。ミユキからも寄り道はしないで帰るように云ってね」

「わかりました」

プリシラはお目付役として、ショーンの動向をできるだけ把握しておきたいようだ。昼間、各所を回っている間も定期的に連絡が入っていたようだった。

二人に繰り返し礼を告げ、美雪はショーンの車に乗り込んだ。シートベルトをしながら運転席の彼の様子を窺《うかが》う。ショーンはイアンが来てからずっと難しい顔をしていた。

「――ミユキはレミントンが好きなんだろう？」

「え？　あ、はい、そうですけど……」

唐突な質問に面食らう。何故いま、わざわざ改めて確認してきたのだろう。

「いや、イアンに会えたのにずいぶん冷静だと思って。俺と初めて会ったときはもっと興奮してただろう？　あんまり嬉しくなかった？　それとも、キャラクターとイメージが違ってガッカリした？」

「いえ、もちろん嬉しかったです！　会わせてもらえてものすごく感謝しています」

レミントンは世界で一番好きなキャラクターだ。架空の人物だけれど、敬愛し憧れている。もちろん、その彼を演じているイアンのことも尊敬している。

彼が最初に現れたときはミーハーな気持ちで舞い上がったのは紛れもない事実だ。世界的なスターであるイアンと一緒に食事ができるなんて夢のようなひとときだった。

だが、彼のことよりも複雑そうなショーンの様子に気づいてから、単純に喜んでもいられなくなったのだ。仲のいい兄弟の邂逅という雰囲気はまるでなかったからだ。

「本当にレミントンに直接会えたみたいで感激しました。忘れられない思い出になりました。でも、イアンはレミントンとは全然違うタイプなんですね」

イアンと話せば話すほどレミントンとの差異を感じた。あんなに明るく快活なのに、演技をしているときはそこはかとなく影を纏っているように見えるのだからすごい。

「素のあいつがオリバーのモデルだから、むしろ正反対かもな」

「え、やっぱりイアンはオリバーのモデルなんですか!?」

　さっき似ていると思った感覚は正しかったようだ。

「オリバーのように独善的ではないけどね。イアンほどプロムキングの栄冠が相応しい男はいないだろ」

　アメリカのハイスクールでは卒業を控えた最終学年生のためのプロムというダンスパーティがあり、投票でキングとクイーンを選ぶのが恒例になっている――というのは映画で得た知識だ。

　そこでキングに選ばれる人物は成績優秀でスポーツ万能なイケメンというのが定石《じょうせき》なのだ。

『ザ・プログレス』ではショーンの願望を描いていると云っていた。レミントンに自己投影しているのだとしたら、オリバーとレミントンの関係は理想の兄弟像なのだろうか。

　だけど、一緒にいてぎこちなかったのはむしろショーンのほうだった。歩み寄ろうとするイアンに壁を作って距離を取っているように見えた。

「……あの、イアンと何かあったんですか？」

「え？」

「イアンが来たとき困った顔をしてたし、あんまり会いたくなさそうに見えたので……」

美雪の言葉にショーンは苦笑いを浮かべた。

「そんなにわかりやすい態度を取ってた？　元俳優のくせに演技一つできなくてダメだな」

「すみません、僕のせいで――」

「誤解しないでくれ。イアンとは不仲なわけじゃないし、トラブルも抱えていない。尊敬もしてるし、自慢の弟なのも本当だ。だけど、あいつに会うとコンプレックスを刺激されて子供じみた態度を取ってしまうんだ」

「コンプレックス？」

「あいつは俺が欲しかったものを全て持ってるから、羨ましいんだろうな。物心ついたときからずっと演技をしてきたのに、五年遅れて生まれてきた弟に俺は演技力で太刀打ちできなかったんだ」

「いや、でも、それは演技のタイプが違うだけで……」

「フォローは嬉しいけど、わかってるんだ。生まれながらにレベルが違うってね。もちろん、イアンが誰よりも努力していることは知ってる。だけど、あれはもう天賦の才だよ」

　ショーンは自嘲気味に目を伏せた。

「イアンのことはみんなが好きになるんだ。友人や恋人に紹介すると、みんなイアンに夢中になる。当然だよ。心底いいやつだからな。分け隔てもしないし、気さくで裏表もない。本当に自慢の弟だよ。だから、あまりミユキには会わせたくなかったんだ」

「僕に？」

「目の前でイアンに夢中になられたら、嫉妬でどうにかなりそうだったから」

「嫉妬って…どうして……？」

「君は俺を買い被ってるが、俺はけっこう心の狭い小さい人間なんだよ」

苦笑交じりの吐露に、ショーンも一人の人間だということを改めて実感した。美雪にとっては神のような存在だが、皆と同じようにマイナスの感情を持っていて当然だ。

とくに身近にイアンのような弟がいたら、意識せずにはいられないだろう。

「ショーンの気持ち、わかる気がします。僕もイアンに嫉妬してますから」

「え？」

「あっ、イアンみたいなすごい俳優になりたいってことじゃなくて、ショーンの弟って立場が羨ましいというか。あなたみたいな兄がいたら、本当に自慢だと思います」

イアン自身もそう思っているようだったが、ショーンは気づいていないのだろうか。美雪のことを自己評価が低いと云うけれど、ショーンも自分に厳しすぎる面がある。

彼と話をしていて居心地がいいのは、そういった感覚が近いからかもしれない。

「……やっぱり君は変わってるな」

「そうでしょうか？」

「ミユキと話していると、自分の悩みが小さいものに感じられてくる」

「そ、そんな大袈裟ですよ」

美雪の意見にはファンの欲目が入っているとはいえ、一般的な見解のはずだ。

「一緒にいて、こんなに楽に息ができる人に出逢ったのは初めてだよ。君に出逢わせてくれた運命に心から感謝してるんだ」

「……っ」

ショーンの言葉に、美雪は泣きそうになる。

美雪自身に特別なものは皆無だ。それでも、もっとショーンを理解したいと切望しながら、彼の作品を繰り返し見てきたことがいまに繋がったのかもしれない。

「僕も、ショーンに出逢えて幸せです」

美雪は涙をぐっと堪《こら》え、万感の想いでそう告げた。


「今日はありがとうございました」

ショーンはホテルの部屋まで送ってくれた。道すがらの会話も楽しくて、一瞬で着いてしまった。

「お礼を云うのは俺のほうだ。本当に来てくれてありがとう。着いたばかりだというのに、あちこち連れ回して疲れただろう？」

「楽しすぎて、疲れなんて感じてません」

「そう云ってもらえると助かる。くそ、別れがたいな。君とはもっと話をしていたい」

「僕もです」

別れがたいのは美雪も同じだ。いや、ショーン以上だろう。部屋に招きたいところだが、もう日付が変わりそうな時刻だ。理性でぐっと我慢した。

「そういえば、この服は返したほうがいいですよね？」

それでも別れを引き延ばして、いまでなくてもいい話題を振る。それに預けてある自分の服もあとで取りにいかねばならない。

「よかったらもらってくれ。君によく似合ってる」

「い、いいんですか？　でも、買い上げになるって……」

「あれはケニーが大袈裟に云っただけだ。買うとしても、新品じゃないから大した額じゃない。騒ぎに巻き込んでしまったお詫びってことでどうかな？」

「お詫びなら僕のほうがしなくちゃいけないと思います」

あんな場所で転んで余計に騒ぎを大きくしたのは美雪だ。

「じゃあ、俺のためにもらってくれ」

「ショーンのため？」

彼の云わんとしている意味がわからず首を傾《かし》げる。

「個人的な意見だが、君はもっと自分の魅力を自覚したほうがいい。どんな服装でも素敵だが、もっと似合う格好をするべきだ」

「え？」

目を瞬《しばたた》く美雪に、ショーンは躊躇いがちに告げた。

「――実は、初めて会ったあの日、バーに現れた君の姿に目を奪われてた」

「へ？　ああ、そうか。この見た目ですもんね。名前は普通の日本人だから、初対面の人は大体驚きます」

「そうじゃない。こんなに素敵な人だとは予想してなかったから」

「は？」

「勘違いしないで欲しいんだ。君に会いたかったのは、クリエイターとして君の作品に惹《ひ》かれて、純粋にリスペクトしたからなんだが」

「あ、ありがとうございます」

ショーンのリップサービスは何度云われてもむず痒《がゆ》くなる。

インタビューやプロモーションイベントの様子からあまり感情を表に出さないクールなタイプだと思っていたけれど、想像以上に情熱的な人だった。

「だけど、いまは――君自身にも惹かれてる。もっと君のことを知りたい」

「え？」

「ああ、もう行かないと。明日は八時に迎えにくるよ。一緒に朝食を食べにいこう」

「あ、はい。わかりました。おやすみなさい」

おやすみと云ったのに、ドアを閉めることができないでいる。また明日と笑って別れを告げるため、美雪は躊躇いがちに顔を上げた。

「……っ」

見上げたショーンの表情に息を呑んだ。切なげなどこか苦しそうな眼差しで、じっと美雪を見つめていた。

「ショーン？」

「おやすみ、ミユキ」

ショーンはそう云うと、美雪の肩を掴《つか》み、軽いキスをしてきた。

「！」

音を立てただけの〝ふり〟ではなく、一瞬だけど本当に唇が触れた。驚きに目を瞠り、思わずショーンを見つめてしまう。

視線が絡み合い、物云いたげな瞳から目が離せない。

引き合うように顔が近づき、視界が暗くなった。柔らかな感触が、唇に強く押し当てられる。

（ショーンにキスされてる……？）

さっきの触れるだけのものとは違う。想定外の行為に呆然《ぼうぜん》としていると、そうすることが当たり前のように、ショーンが薄く開いていた美雪の唇を食《は》んできた。

「ン、んん……っ」

思わずショーンにしがみつくと腰を抱き寄せられ、さらにキスが深くなる。ショーンは美雪の唇を吸い、甘噛みする。

挨拶のそれではなく、明らかにセクシャルな意味を持つキス。どうして、ショーンがこんなキスを自分にするのだろう？

そんな困惑は蕩けるような甘い感覚に瓦解させられていく。

「……っ、ぁん、んんっ」

不意に舌同士が触れ合い、ぞくぞくっと快感が走り抜けた。次の瞬間、ショーンの舌が美雪の口腔《こうこう》の奥へと深く入り込んでくる。

ミントの味がするのは、さっきガムを噛んでいたからだ。熱い舌が困惑する美雪のそれを搦《から》め捕る。まるで口の中から蕩けていくような快感に陶酔させられた。

（気持ちいい）

初めて味わう夢のような気持ちよさに身を任せる。キスの仕方など知らなかったけれど、本能のままに美雪からも求めてしまう。

いつまでもこうしていたい。

口の中を舐められることがこんなに心地よく蕩けるほど気持ちいいなんて知らなかった。チョコレートみたいに甘く溶け落ちてしまいそうだ。

いっそこのまま混じり合ってしまえたら、どんなに幸せだろう。

「うん、ンン、ん――」

力が入らなくなってきた体を支えようと必死に縋りつく。すると、より強く抱き寄せられた。

キスはますます深くなり、美雪の足の間にショーンの膝が割って入る。

「あ……っ」

身じろぎをしたせいで疼《うず》き始めていたそこがショーンの太股《ふともも》に擦《こす》れ、反射的に高い声が出た。その瞬間、お互いに我に返った。

咄嗟《とっさ》に深く絡めていた唇を解き、体を離す。

ここはホテルの部屋の入り口でドアも閉めていない。どこでパパラッチに狙われているかわからない立場ということを横に置いたとしても、人目があってもおかしくない場所でするには褒められた行為ではなかった。

「すまない、ミユキ。こんなつもりじゃなかったんだが――」

ショーンは濡れた美雪の唇を親指で拭い、謝罪を口にした。

「え……？」

ふと見上げたショーンは、どこか戸惑っている表情をしていた。

「――また明日。いい夢を」

ショーンは一瞬でいつもの表情を取り戻し、完璧な笑顔で美雪にそう云うと、背中を向けて去って

いった。

彼の体で半開きになっていたドアがゆっくりと閉まり、美雪は薄暗い部屋に一人になる。耳鳴りがするほど静かなせいで、ドッドッという激しい鼓動が体の中でうるさく響く。

「……キス、されたよね……？」

言葉に出して確認する。

ただでさえ熱くなっていた体が、羞恥と困惑で燃えるようだ。力が抜けた美雪は、へなへなとその場にへたり込んだ。

あんな情熱的なキスをされて、平静でいられるわけがない。いますぐ叫び出したいくらいの気持ちだった。

ショーンは一体どういうつもりで美雪にキスをしたのだろう？

最初の触れるだけのキスは、挨拶でしかなかったはずだ。その後の口づけは衝動的なものに思えた。

（ショーンも酔ってたのかな……あれ？　でも、お酒飲んでなかったような……）

ますます理由がわからない。美雪には刺激的すぎる行為だったけれど、経験豊富なショーンにとっては軽い遊びのようなものなのかもしれない。

ここしばらくは恋人がいないと云っていた。相手が美雪だということも忘れて、雰囲気に流されてしまったのだとしたら納得もいく。

「でも、どうしよう」

キスの余韻で体が疼くように熱い。下着の中が窮屈に思えるほど、美雪のそれは張り詰めていた。ショーンの唇の感触を思い出すと、腰の奥がズキズキと疼いてくる。意識すればするほど、股間が張り詰めてしまう。もはや放っておいて治まるような状態ではなかった。

必死にやり過ごそうと精神統一をはかるけれど、目を閉じて頭を空っぽにしようとすればするほど彼のことが思い浮かんできてしまう。

美雪も成人男子として自己処理をすることはある。だけど、ショーンを思い描きながらするのは、罪悪感があった。

正直、ここまでの衝動に襲われたのは初めてだ。激しい生理的欲求に突き動かされ、美雪は躊躇いながら、下着の中に手を差し入れた。

「……っ」

すでに硬く張り詰めたものに指を絡める。手の中のものを緩く擦ると、思わず吐息が零れた。目を閉じて、自分の指に集中する。

――ミユキ。

ショーンのハスキーな声が脳裏に響く。抱きしめられたときの腕の力強さ、顔が埋まった胸板の温かさも蘇ってくる。

長く滑らかな彼の指が自分のものに絡みついているところを想像してしまう。きっと、ショーンの指遣いは巧みに違いない。

「あ……っ、あ、ふっ」

美雪は自分の指を動かしながら、握手したときのショーンの手の感触を思い出す。

いけない想像をしながら握ったものを指で擦っているうちに、息が上がってくる。軽い刺激では物足りなくなり、締めつけるようにしてキツく扱《しご》いた。

先端に体液が滲んできた。指の腹でぬるぬると撫でると新たな快感が湧いてくる。

ショーンがゲイだということは初めて知った。彼はどんなふうに恋人を抱くのだろう？　それとも、抱かれるほうなのだろうか。

スクリーンの中で恋人に愛を囁《ささや》くショーンは情熱的だった。筋肉質の体に滴る汗は演出だとわかっているが、無心に相手を求める演技にはドキドキさせられた。

でも、あれはフィクションだし、相手はみんな女性だった。実際はもっと激しいのかもしれない。

それとも、優しくなるのだろうか。

ああして組み敷かれているのが自分だったら――。

「はっ、あ、ん……っ」

荒々しく求められ、掻《か》き抱かれる自分を思い描き、より興奮する。

衝動に任せて指の動きに力を込める。欲望のままに自身を追い詰め――。

「あっ、あ、あ、ああ……！」

終わりを迎えた。爆《は》ぜて溢れた体液の感触に、じわじわと頭の中は冷えていく。解放感に浸っていたのも束《つか》の間《ま》、平静を取り戻すと同時に羞恥心と罪悪感が込み上げてくる。

「……何してるんだ、僕は……」

誰よりも尊敬している人をおかずにしてしまうなんて、何を考えているのだ。性的な行為に使うなんて、普段の妄想とはわけが違う。

だけど、こんなことになったのはショーンがあんなキスをしたからだ。ろくな恋もしたことがない童貞にあんなキスは刺激が強すぎる。

元々憧れていた人に大人の扱いをされたら、意識してしまっても仕方ない。うっかりガチ恋でもしてしまったらどうするつもりなのか。

「……ガチ恋？」

ふと口をついて出た単語に青くなる。

「いやいやいや、まずいって！」

いくら夢小説を書いているからといって、推しに本物の恋をする気はない。

美雪の推しへのスタンスは、基本的には崇拝だ。神様のように思っている相手に恋愛感情を抱くなんて、おこがましいにも程がある。

誰よりも尊敬している人だし、自分にとっては絶対的な存在だ。そんな人が特別に優しくしてくれたら好きにならないはずがない。

だけど、気まぐれなキス一つでその気になったらバカを見るだけだ。

ファンと結婚する俳優やアーティストもいるが、偶然気の合う相手がファンの中にいただけであって、ファンであることを理由に選ばれたわけではないと思う。

美雪は大きく深呼吸をして、気持ちをどうにか落ち着かせる。

「――好きになっちゃったのかな」

こうやって自分に対して必死に云い訳をしているということは、どうにかして否定する材料が欲しいからだ。認めざるを得ないことは自分でもよくわかっていた。

この気持ちはショーンに知られないようにしよう。きっと、気を遣わせてしまうことになる。

叶わない恋をしたとしても、誰にも気づかれなければこれまでどおりに過ごせる。あと数日乗り切れればそれでいい。

美雪はそう自分に云い聞かせ、唇を噛み締めた。

10

朝食を摂《と》るためにやってきたショーン行きつけのカフェはビーチ沿いにあった。

海に臨むオープンテラスの席は風も心地よく爽やかだが、ロケーションを楽しむ心の余裕は持ち合わせていなかった。

「昨日はよく眠れた？」

「へ？　は、はい、ものすごく！」

そう答えたものの、実際はまったく眠れていない。

ショーンにキスされたことだけでなく、ショーンのことを考えながらの行為への罪悪感、そして気づいてしまった自分の気持ちに心の整理ができず、悶々《もんもん》と考え込んでいたら、白々と夜が明けてしまった。

朝、迎えにきてもらってから、まともにショーンの顔を正視できない。だけど、彼は何ごともなかったかのように美雪に笑顔を向けている。

（やっぱり、ショーンにとっては大したことじゃなかったのかも）

これまで流してきた浮き名は真実でないと云っていたが、ショーンのような人なら経験豊富に決まっている。

昨夜は相手が美雪だということを忘れて、うっかり雰囲気に流されてしまったのだろう。

キスのあと、我に返ってから謝罪を口にしていた。きっと、ショーンだって忘れて欲しいと思っているはずだ。

それに改めて昨夜のことに言及されたら、どんな顔をしていいかわからない。何もなかったふりをしてくれているほうが、美雪にとってもありがたかった。

「このロケーションを見せたかったんだ。昼になるともっと賑やかになるから、いまの時間が一番いい」

「よく来るんですか？」

「時間があるときはね。ここに来ると海風で頭がすっきりする」

「お気に入りの場所なんですね」

「ああ、俺の好きな場所に残らず連れていきたいんだ」

「……っ」

はにかんだ微笑みにぎゅっと心臓が鷲《わし》掴みにされる。

厚意であって、好意ではない。そうとわかっていても、鼓動の高鳴りは抑えられなかった。

「モーニングセットのパンケーキです。フルーツはサービスです。ゆっくりしていってくださいね」

ウェイターの声にはっとなる。優しげな眼差しで見つめてくるショーンに、気づけば美雪も見蕩《みと》れていた。

「ありがとう」

運ばれてきたのは生クリームとベリーがたくさん載ったパンケーキだった。ここの店の看板メニューで、メレンゲを入れてふわふわに焼き上げるのが特徴らしい。

「量がたくさんあるように見えるけど、ここのパンケーキは口溶けがいいからいくらでも食べられるんだ」

甘いものを前にして嬉しそうにしているショーンは、昨夜見せた切なげな表情とは打って変わって少年のようだ。

無邪気な笑顔に胸が締めつけられる。自覚した彼への想いは、美雪をじわじわと苛《さいな》んでくる。数多《あまた》の作品で、恋は素晴らしく、そして苦しいものだと描かれている。そのことをいま痛いほどに実感していた。

パンケーキは確かに美味しかったけれど、胸の苦しさのせいでどうしても喉を通らなかった。恋をすると食欲がなくなるというのは本当のようだ。

「やっぱり多すぎた？」

「いえ、元々朝食は軽くすませるほうなので」

一分でも長く寝ていたくて朝食を抜くこともある。一食抜いたとしても体調に支障はない。

「ランチで来たほうがよかったかな」

「いえ、すごく美味しかったです。景色もいいし、来られてよかった」

「そう云ってもらえると嬉しいよ。――今日は予定に入れてなかったところを案内したいんだけど、つき合ってもらえる？　どうしても、君を連れていきたいところがあるんだ」

急に改まった口調で告げられる。ショーンは立ち上がり、エスコートするように美雪に手を差し伸べた。

「はい、もちろんです」

ショーンが案内してくれるところなら、どこだって大歓迎だ。美雪も席を立ち、ショーンの手に自分の手を重ねた。


ショーンの車はハリウッド方面に戻っていったが、中心部からはやや外れた裏通りのようなところに停車した。

「ここは……？」

「俺の行きつけの場所」

古い建物で一応看板は出ているけれど、どんな店なのかは外観からはわからなかった。

いざ扉を開けて中に足を踏み入れると色鮮やかな空間が広がっていた。所狭しと置かれている棚には夥《おびただ》しい数のコミックスが並べられている。

「アメコミショップ？」

翻訳された日本のコミックスも置いてあるが、メインはアメリカン・コミックスのようだ。

壁際にデスクトップのパソコンが並んだアメコミショップとネットカフェがセットになったような小さな店だった。

昨日も車で有名なアメコミショップの前を通ったけれど、こちらにはかの店のような華やかさはなく、よりマニアックでアンダーグラウンドな雰囲気だ。

壁にはアクリル板が嵌《は》められたショーケースがいくつも埋め込まれている。

「すごい！　これ、本物ですか!?」

飾ってあるものは、どれもプレミアのついた年代物の本やフィギュアのようだった。直《じか》に目にすることができた僥倖に興奮する。

「ああ。店長のコレクションだから、頼めば読ませてくれる」

「えっ、そんな畏れ多いです」

いまやいくらの値がついているかわからないものを気安く触るわけにはいかない。

「まだ店は開いてないよ」

店内を見学していたら、奥から不機嫌そうな声が飛んでくる。鍵がかかっていないから、開店していると勘違いしていた。

すぐに退店しなければと狼狽えていたら、ショーンが気心の知れた様子で呼びかけた。

「朝早くすまないね、ダニエル」

「ショーン？　何だ、お前か。店に来るのは久しぶりだな。またスランプか？」

「まあ、それもある」

レジの向こうのバックヤードから出てきたのは茶色い癖毛を後頭部で侍のように結び、顎髭《あごひげ》を生やした白人男性だった。ショーンよりも二回りほど上に見える。店長なのだろうか。

「そうだ。お前が予約してた新刊が入ってるから持っていけ。送る手間が省ける――って、何だ？連れがいたのか。お前が人を連れてくるなんて初めてじゃないか？」

「お、お邪魔してます」

美雪の存在に気づき、意外そうな声を出した。

「日本から来た友人なんだ。俺の原点を見てもらいたくて連れてきた」

「ふぅん、お前にもそういう友達ができたんだな。俺は開店準備があるから、好きにしてろ」

「ありがとう、ダニエル」

二人のやり取りから、ショーンにとってこの店が本当に大事な場所なのだということが伝わってくる。ショーンに友人と紹介してもらえたのは殊更《ことさら》嬉しかった。

「コーヒーは一杯ずつ奢《おご》ってやるから自分で淹《い》れろ」

「そうするよ」

ダニエルはクマが冬眠するように、のそのそとまた奥に戻っていってしまった。ショーンは勝手知ったる我が家のようにサーバーからコーヒーを淹れ、美雪にカップを渡してくれる。

「脚本に詰まるといつもここに来るんだ。俺はここで育ったようなものだから、初心を思い出せるんだ。育ったって云っても、勝手に入り浸ってただけだけど。当時住んでた家から自転車で一時間くらいで来られたから、よくこっそり家を抜け出して遊びにきてたんだ」

「遊びにって一人で来てたんですか？」

「こんなところに出入りしてるってバレたら、外出禁止にされただろうな。この辺はあまり治安もよくないし」

子供にとっては宝箱のような店だが、一人で来るにはアングラすぎる。確かに周囲も安全とは云いきれない雰囲気だった。

「子供の頃、ウチに来てたのはやる気のないシッターでね。勉強してるって云って部屋に籠もれば抜け出すのは簡単だった」

「危ない目に遭ったりしなかったんですか？」

とくに有名人の子供は誘拐のターゲットになりやすい。

「いま思えば危ういこともなくはなかったな。こうしていま無事にここにいられてよかったよ」

「どうしてそこまでして……」

「俺の家族のことはどのくらい知ってる？」

「ええと、一般的なことは」

「祖父は映画監督、両親は揃ってハリウッドスター。傍《はた》から見れば羨むような家庭環境だよな。最初の孫だったから、とくに祖父にはすごく期待されてね。歩けるようになった頃からよく連れ出されるようになったんだ」

「現場にってことですか？」

「そう。自分の子供は娘しか生まれなかったから、息子に対して抱いていた夢を俺で叶えようとしてたんだろうな。けど、俺は小さい頃は引っ込み思案で言葉を覚えるのも遅かったらしく物静かな子供だったから、快活で積極的なイタズラッ子っていう彼の理想の子供には程遠くて。よく『メソメソするな！　男のくせに泣くんじゃない！』って殴られた」

「えっ、殴られたんですか⁉」

「偏見の塊だったし、昔気質《かたぎ》の人だったからね。いまならそんなことがバレたら虐待で即逮捕だな。それでも祖父の作品は素晴らしかったし俺も尊敬してたから、彼の理想どおりにならないとってずっと思ってた」

「ご両親は気づいてなかったんですか？」

「薄々気づいてたとは思うけど、父も母もあのとおり忙しくて子供の面倒を見てる暇なんてなかったから、祖父が俺を現場に連れ歩くのはありがたかったんじゃないかな。そもそも祖父に逆らえる人はいなかったし。まさに誰もが平伏《ひれふ》す独裁者だったよ」

「そんな……」

「だから、こんな歳になったいまもあの人たちは俺に対して後ろめたいんだろうな」

ショーンが家族と疎遠にしているのには、やはり理由があったのだ。

「でも、現場に行くのは好きだった。祖父と二人でいるよりはスタジオで遊んでるほうが楽しかったよ。みんなに可愛がってもらえたしね。スタッフがコミックを読ませてくれたり、家では禁止されてたアニメを見せてもらったりしたな。そこで映画の裏方の仕事に興味を持ったんだ。目も眩《くら》むような華やかな画面は、こうして人の手で一つ一つ作り上げられていくんだなって」

「それがショーンの原点なんですね」

スタッフを大事にするのも、そういう経験があってこそなのかもしれない。

「――けど、そうこうしてるうちに弟が生まれて、世界が一変したんだ。物心つき始めた弟は祖父の思い描いていたとおりの孫だったから、俺は途端に爪弾《つまはじ》きにされるようになった。祖父のプレッシャーがなくなったことはありがたくもあったんだけど、何の興味も持たれなくなるのも子供ながらに辛くてね」

「酷《ひど》い……子供はオモチャでも駒でもないんですよ。傷ついて当然です」

幼いショーンの気持ちを考えると胸が痛む。

子供の頃、母の期待に応えようと必死になっていた自分を思い出した。こっそりとため息をつく母を見ては、笑顔になってもらおうと手伝いや勉強を一生懸命にやった。

母が喜ぶからと本当は嫌だった可愛い洋服も進んで身に着け、女の子のように振る舞うこともあった。

「何より、現場に行けないとコミックにもアニメにも触れられないんだよ。いつだったか久しぶりに連れていってもらったときに仲のいいスタッフにそう愚痴ったら、可愛がってくれてた小道具担当の人がこの店を教えてくれたんだ」

「それでこんな隠れ家みたいなお店を知ってたんですね」

「それからずっと常連なんだ。再び祖父から注目されるようになったのは十歳になった頃だったかな？　たまたま家に来た父の友人のプロデューサーが俺に目をつけたんだ。企画してるドラマの主人公の子供時代にイメージがぴったりだって」

「その話は知ってます。ドラマも見ました」

「あれを見たのか？　恥ずかしいから記憶から抹消しておいてくれ。俺は気が進まなかったんだけど、誰よりも祖父が乗り気になってね。役者をやればその引っ込み思案も治るだろうって。確かに本心を隠すのはだいぶ上手くなったとは思う」

　そう云いながら浮かべている笑顔はちっとも楽しそうには見えなかった。ショーンはいつもこんなふうに淋しく笑っていたのだろうか。

「で、この見た目だろう？　陽気な遊び人だって決めつけられる。アメフト部に入って、チアの一番可愛い子とつき合って、プロムではキングを勝ち取るのが当然だって思われていて、本当の俺なんてどこにも居場所がなかった」

　それに加え、妹はティーンに崇拝されている人気シンガーで弟は演技派のハリウッドスターというセレブ一家だ。

「……本当のショーンはどんな人なんですか？」

「家ではゲームとアニメ、コミックに浸り、ネットでは同好の士と交流できるけどリアルでは人見知り、学校では図書室に引きこもっていたいタイプだった」

「僕と一緒じゃないですか」

「本当に？　それは嬉しいな」

　ショーンがアメコミや日本のアニメが好きだということは知っていたけれど、いわゆる本物のギークだとは思わなかった。

「絵に描いたようなセレブ一家の中で、ずっと疎外感を覚えて生きてきたんだ。こんな見た目だけど、中味は紛れもないオタクだから、スターの息子を演じなければならない生活はときに息苦しくて。恵まれた環境だとわかってはいたけど、ずっと孤独を感じてた。ここだと年齢なりの子供として扱ってもらえて、楽に過ごせたんだ」

　大事な場所を教えようと連れてきてくれたのだとわかり、美雪は胸が熱くなった。

「わかる気がします。僕もマンガやアニメに没頭した子供時代を送っていたので……」

　こんなふうにショーンに親近感を覚えるだなんて思わなかった。

「監督になろうと思ったのは、子供の頃の経験からですか？」

「多分な。水を得た魚のように芝居をしているイアンを見ていて思い出したんだ。そういえば俺は小さい頃、映画監督になるのが夢だったってね。イアンの才能に打ちのめされてた頃、祖父が亡くなって、ようやく自分に向き合えるようになったんだ」

ショーンにとって、祖父はあらゆる意味で強大な存在だったのだろう。

「役者をやめて、映画を撮ろうと決断できたのは祖父が死んだあとだ。偉大な祖父を前に監督になりたいなんて怖くて云えなかった。祖父からお前は気が弱くて監督業は向いていない。イアンみたいに我が強くないと監督はできないって云われて諦めてたんだ。周りに請われるまま、子役としてキャリアをスタートさせてしまったのもあって、考えないようにしてたんだと思う」

「ショーンはイアンのことがすごく好きなんですね。それなのに色んな人に比較されて、好きなだけでいられなくされちゃったんじゃないですか？」

「――――」

「あっ、すみません！　偉そうなことを云ってしまって」

「いや、君の云うとおりかもしれない。生まれたばかりの頃は弟が可愛くて仕方がなかった。歩くようになったら自分のあとを追いかけてくるのが嬉しくて、一日中傍にいたな」

ショーンは懐かしそうに口元を緩めた。

「……そうだよな。俺たちを比べてた祖父《じい》さんはもういない。俺はずっと祖父さんに呪いをかけられてたのかも。考えてみれば単純なことなのに、どうして今まで気づかなかったんだろうな」

ショーンは自分に云い聞かせるように独りごちる。そして、神妙な顔で黙り込んだ。

「ああ、コーヒーが冷めたな、取り替えてくる」

「いえ、このままで大丈夫です」

せっかくショーンが淹れてくれたのに、捨てるなんてできるわけがない。口をつけたコーヒーはむしろ優しい温度になっていた。

二人でコーヒーを飲んでいると、軽快な電子音が鳴り響いた。

「俺だ」

ポケットから取り出したスマートフォンを見て、ショーンは軽く眉を上げる。

「プリシラからだ。どうしたんだ？　ランチの待ち合わせにはまだ早いだろう——何だって？」

電話を受けたショーンが顔色を変えた。プリシラの声は聞こえてこないけれど、硬くなっていく表情にただごとではない様子が窺える。

「……わかった。一旦、オフィスに戻る。そうだな、十五分くらいで着く」

「何かあったんですか？」

「すまない、このあとの予定を変更させてくれ」

「それは構いませんが……」

「実は君といるところをパパラッチに撮られたみたいなんだ」

「えっ」

写真と云われ、ドキリとする。昨夜、ホテルの部屋の前でキスしていた瞬間のものだったら、誤解を生みかねない。

「写真自体は大したものじゃないんだが、憶測であれこれ書き立てている記事がネットにアップされたらしい。完全にこちらの手落ちだ。面倒に巻き込んでしまってすまない」

「昨日、アイスを買いにいくときに視線を感じたんです。もしかしたら、そのときから狙われてたのかも……。すみません、僕ももっと注意しておくべきでした」

やはり、気のせいかもしれないと流さずにショーンに報告しておくべきだった。

「ミユキは悪くない。あいつらはいつだってシャッターチャンスを狙ってるからな」

「僕にできることはありますか？　記事を否定するコメントが必要なら、ちゃんと話しにいきますから」

「あいつらには真実かどうかなんてどうでもいいんだよ。そうやって誠意を見せようとすれば、逆に食い物にされるだけだ。君を下手《へた》に騒ぎに巻き込みたくない。ホテルまで送っていく。俺が迎えにいくまで、部屋で待っていてくれるか？」

「わかりました。あの、ショーンは大丈夫なんですか？」

「俺？　俺なら慣れてるから全然問題ないよ。退屈かもしれないが、ミユキは部屋でゆっくりしててくれ」

ショーンはそう云って、頼もしい笑みを浮かべた。

11

慌ただしくホテルに送られた美雪は大人しく部屋に戻ってきた。

大丈夫と云っていたけれど、心配なものは心配だ。一体、どんな記事なのだろう。

念のために持ってきておいたタブレットをホテルのＷｉ－Ｆｉに繋ぎ、ブラウザを立ち上げて検索窓にキーワードを打ち込む。

表示された結果を確認しようとしたそのとき、美雪のスマートフォンが着信を知らせた。

「雨音？　はい、もしもし」

『ちょっと、美雪！　あの記事なんなの⁉』

電話越しでなければ襟首を摑まれ揺さぶられそうな勢いだ。

「もしかして、ショーンと一緒に撮られたやつのこと？　さすがに耳が早いね」

『何余裕かましてるのよ。あの内容は本当なの⁉』

「ショーンが憶測記事を書かれたって怒ってたんだけど、僕はまだその記事を見てないんだよね」

『ＵＲＬ送るから早く見て』

タブレットでＳＮＳアプリを立ち上げる。そこのダイレクトメールに送ってもらったアドレスを開いた美雪は、画面いっぱいに表示されたタイトルに絶句した。

「な、何これ……」

『ショーン・ブラックウェルの新しい恋人か？　それとも、新作のヒロイン？　だって』

　倒れ込んだ美雪の手を取ってショーンが助け起こす場面が大きく載っている。ホテルでのものでなくてほっとしたが、これはこれで誤解を生むシチュエーションだ。

『まるでガラスの靴を差し出されるシンデレラじゃない。何でこんな状況に？』

「アイスを買って戻ったら、ショーンがファンの子に囲まれてて……不注意で転んじゃったんだ。ねえ、この記事の内容ってもしかして僕が女の人だと勘違いされてるってこと？」

『そうみたいね。美雪、小柄で細身だし、向こうの人には女の子に見えるのかもね』

　日本人の血が入っているせいで、こちらの人たちには華奢《きゃしゃ》で童顔に見えるのだろう。誤解を解きたいけれど、美雪にはどうすることもできない。

　細身の黒いパンツに白いサマーニットだから、ボーイッシュな女性と見間違えられてもおかしくはない。

「新作のヒロインって話はどこから出てきたんだろう……」

『しばらく前に監督がSNSに続編の構想があるって書いたから、あれのせいじゃない？』

　その後、シリーズに関する投稿がなかったから話題は下火になっていったけれど、皆、気にしていたのだろう。

「でも、僕がヒロインってあり得なくない？」

『そんなことないと思うけど。だって、美雪可愛いもん。気にしてるみたいだから云ったことなかったけど。演技ができるかどうかはともかく、それなりの格好をしたら見栄えがすると思う』

「……」

あまり嬉しくない評価だが、つき合いの長い雨音の言葉は受け止めざるを得ない。

『ヒロイン扱いもびっくりだけど、新作の原作者として声かけられてるなんて誰も想像できないもんね。で、その話は結局どうすることにしたの？　現地に行ってみて気持ちは変わった？』

「まだよくわからない……。やっぱり気は進まないんだけど、あんまり考える余裕もなくて」

こちらに来てまだ数日しか経ってないということもあるけれど、ショーン自身にドキドキしてばかりで、自分の作品の映像化について落ち着いて考える心の余裕が持てていない。

ショーンが美雪の才能を見出してくれているのはありがたい。あの熱心さを一身に受けていると、彼のために何かできないかという気持ちにもなる。

自分にできることがあるなら、何だってしたい。だけど、あの作品を採用されるのはどうしても抵抗があるのだ。

『美雪は周りのことばっかり考えちゃうんだろうけど、一旦そういうのは横に置いてショーン・ブラックウェルが撮ったあの話の映像が見たいかどうかって考えたらどう？』

「横に置くなんて無理だよ」

映画を撮るということは大勢の人間が関わるということだ。何か問題が起これば、その全ての人たちに影響が出る。

『ただの妄想として考えてみたらいいじゃない。そういうの得意でしょ？』

「妄想――」

リリリ、とアンティークな形を模した部屋の電話が鳴った。ションなら個人の番号にかけてくるはずだ。もしかして、プリシラがフロントを通してかけてきたのだろうか。

「ごめん、部屋の電話が鳴ってる。プリシラからかもしれないから切るね」

『わかった。くれぐれも気をつけて行動するようにね。何かあったら、すぐ連絡してね！　今日はいつでも出られるようにしておくから』

「うん、心配してくれてありがとう」

雨音との通話を切り、美雪は急いで受話器を持ち上げた。

『フロントです。お客様に会いにこられたという方がおられますがお取り次ぎしますか？』

「え？　僕に？　すみません、誰とも会うつもりはないのでお断りしてください」

想定外の連絡に面食らう。昨日美雪たちの写真を撮った記者が直接接触してこようとしているのだろうか。

『お父様と仰《おっしゃ》られてますが、よろしいですか？』

「……は？」

さらなる予想外の言葉に、美雪の理解は追いつかなかった。

『ウォーレン・バークリーという方ですが』

その名前は間違いなく母から伝えられている父の名だ。ぞくっと背筋が震える。

「あの、どういう感じの容姿の人ですか？」

『金髪に茶色い瞳の五十代くらいの男性です。白いスーツの上下に柄物のシャツを身に着けておられます。スマートフォンをなくされて、お客様の連絡先がわからなくなったと仰ってます』

母から見せられていた彼の写真は金髪碧眼《へきがん》の長身の美青年だった。本当に父だとして、どうして自分がここにいるとわかったのか。そして、何のために会いにきたのか。

（どうせろくな理由じゃないだろうな……）

顔を合わせたところで、いいことなんて一つもないとわかっている。それでも、自分の父親が本当はどんな人間なのか、知りたいという気持ちがあるのも否定できない。

『お断りしましょうか？　もし怪しい人物のようでしたら警備員を呼びますが――』

「待ってください！　遠目に見て本人か確認してみます」

『わかりました。では、ロビーでお待ちいただきます。お困りのことがあれば私どもをお呼びください』

父がどうやって美雪の居場所を突き止めたかも気になるし、わざわざ訪ねてきた理由も知っておきたい。

金の無心なら、不信感を抱いているとわかっている美雪よりも母に直接連絡を取るほうが簡単だからだ。

（――一目だけ見てみよう）

母の云うようにいいところもあるのなら、ただ一度息子に会いたいと思って訪ねてきた可能性もある。

これまでと同じように金の無心をされたら、今日ここで縁を切るだけだ。いままでの文句を云って追い返せばいい。

12

「――――」

エレベーターのランプが下の階へと移動していくに従って、嫌な緊張感が増していく。本当に自分の決断は正しかったのだろうか。

迷いながらもどんな人間なのか見てみたいという好奇心は拭えなかった。

(危なそうだったら、すぐ引き返せばいい)

こちらから連絡を取る手段はある。スマートフォンをなくしたというのは多分嘘だ。母から押しつけられた彼の番号にかければ対面せずに話もできる。

ロビーに下りた美雪は、フロント係から教えられた出で立ちの人物を探した。

金髪に茶色い瞳、白いスーツの上下に柄物のシャツを身に纏っている。唯一その条件に当てはまる中年太りの男性が、ソファにふんぞり返って酒を飲んでいるのが目に入った。

ラグジュアリーなロケーションの中で一人だらしない振る舞いをしているから、よく目立っている。

まさかとは思いつつも、聞いていた服装に合う人物は彼しかいない。赤ら顔なのは、酒飲みだからだろうか。

(髪の色と耳の形が僕と同じだ)

遺伝上の父親。

しかし、母が見せてくれていた写真とはまるで別人だった。彼が本当に美雪の父親だとしたら、イケメンだった若い頃の姿は見る影もない。

髪の色こそ美雪と同じだが、パサついて荒れている。服のサイズが合っていないのか、突き出た腹がはち切れそうになっていた。いかにも不摂生をしているといった様子だ。

明らかに柄の悪い人物で、美雪の中で警告音が鳴り響いている。このまま回れ右をすべきではないかと思ったそのとき、バチッと目が合ってしまった。

「ミユキか？」

「……っ」

違います、と云って逃げるべきだったが、咄嗟のことに固まってしまった。嘘のつけない性格も災いし、イエスとしか云いようのない顔をしてしまった。

「やっぱりそうだ！　おお、我が息子よ！　大きくなったな！」

演技がかった様子で両手を開き、歩み寄ってくる。ハグされそうになり、酒臭さに思わず後退《あとじさ》った。

「……っ」

「何だ？　ハグは嫌か？　シャイなのは日本育ちのせいか？　見た目も性格もカスミとそっくりだな」

強い力でバンバンと背中を叩かれる。

「アメリカ人なら、もっと積極的にならないと。父さんに会えて嬉しいだろう？　俺もずっとこの日を待ち侘《わ》びていたよ」

「――――」

父親に対面したら、どんなにクズでもほんの少しくらいは感慨があるのでは、という期待があった。

だが、いまは落胆しかない。

会うべきではないという自分の直感は正しかったのだ。美雪は感傷に負けてしまったことを悔やんだ。

「何だ？　もしかして口がきけないのか？　ああ、そうか！　俺に会えて感動で言葉もないんだな。わかるぞ、その気持ち。あんなに小さかったのにこんなに立派になって。会いたくて堪らなかったよ」

わざとらしく目元を拭っているが、涙など一滴も出ていない。心にもない言葉をべらべらと並べ立てられ苛立ちを抑えきれない。

「……だったら、いままでどうして会いにこなかったんですか？　長いこと母さんに返事の一つもよこさなかったくせに」

恨み節が口をついて出た。とっくの昔に割り切り、期待など微塵《みじん》も持っていないつもりだったけれど、どこかで夢を見ていたのだろう。

（母さんのことは云えないな）

自分たちを捨てた男のことなど忘れろ、いつまでも思い出に縋るなと云ってきたけれど、美雪自身も彼が息子に会いたいと思ってくれているのではないかという願望を捨てきれていなかったのだ。

「それは仕方ないだろう。仕事が忙しかったんだ。会社を軌道に乗せるまではって頑張ってたんだよ」

「僕が成人するまで二十年もありましたけど、それだけ時間があればメールの一本くらい送れましたよね？　お金が必要なときしか時間ができないんですか？」

「まあ、そう云うなよ。俺にも深い事情があるんだ。こうしていま会うことができてるんだから、過去のことはいいじゃないか」

「過去と云いますけど、これまでの養育費はどう考えてるんですか？」

「水くさいこと云うな。もうこんなに立派になってるんだから、そんなもの必要ないじゃないか」

「母への借金の返済だって一円だって返してないじゃないですか！」

「借金？　ああ、カスミからのプレゼントのことか。俺は返したほうがいいだろうと思ってるんだが、カスミは返さなくていいと云っているからな。その気持ちを無下にするのも悪いだろう？　カスミからの愛の証《あかし》なんだ。せっかくの贈りものを返すなんて失礼な真似できるわけないじゃないか」

　しゃあしゃあと云う。

　会いにきたのは間違いだった。

　こんな男の血が自分に流れているかと思うと、嫌悪感で叫び出したくなる。

「結局、自分のことしか考えてないんだな」

「……そういう話はやめておこう。今日はお前のことを聞かせてくれ。彼女はいるのか？　もしかして彼氏のほうか？　偏見はないほうだからな、父さんに紹介しなさい」

ずっと音信不通だった上に金の無心しかしてきたことのない人間に、突然父親面をされるのがこれほどまでに腹が立つのかと思い知る。

「それで、本当の目的は何なんですか？　そもそもどうやって僕がこのホテルにいるってわかったんですか？」

親しげな態度を取る気にはなれず、他人行儀な口調で訊ねる。母には宿泊するホテルまでは教えていない。

「お前に会いにきたに決まってるじゃないか。カスミからお前がこっちに来てるって連絡をもらって嬉しかった。こんな機会は逃せないだろう？　お前に電話が繋がらないからどうしたものかと思ってたら、今朝《けさ》偶然目にした記事にお前が写ってるのを見つけたんだよ」

「……！」

今朝のゴシップ記事がこんな厄介ごとを呼び寄せてしまうなんて。

「あの記事を見て、すぐにミユキだと気づいていてもたってもいられなくなったんだ。ホテルはブラックウェルと一緒に写ってたから当たりをつけた。あの手のセレブが泊まるホテルは決まってるからな。三軒目でビンゴ！」

父はパチンと指を鳴らす。演技がかった態度に、余計に苛ついてしまう。

スマートフォンをなくした、息子に連絡が取れないとフロント係の同情を煽《あお》り、美雪の滞在先を探し回ったのだろう。

「しかし、あんな有名人と知り合いなんてすごいな！　さすが俺の息子だ。彼とはどこで出逢ったんだ？」

　プライベートな質問に答える義理はない。

「――わざわざ会いにきてくれてありがとうございました。僕も忙しいのでこれで失礼します」

「待て待て、これでお別れなんて淋しいじゃないか。せっかくだから食事にでも行こう。ブラックウェル監督も誘って中華でもどうだ？」

「目的はショーン――ブラックウェル監督ですか？」

「目的だなんて人聞きの悪い。息子が世話になっている人に父親として挨拶がしたいだけだよ」

「あの記事は転んだ僕を彼が助けてくれただけで親しいわけではありません」

「わかってる。まだ秘密なんだよな？　恋人ってことはないだろうから、新しいキャストに抜擢《ばってき》されたってとこか？　さすが、俺の息子だ。俺の若い頃に目元がよく似ている」

「目は母さん似です」

　髪や瞳の色、顔の造作は父親似かもしれないが、目の形は母親とそっくりなのだ。

「そうだった、カスミの面影があるな。カスミにも会いたいよ。それより、記者たちには抜擢のことは内緒にしておいてやるから、父さんにも紹介してくれよ。パパラッチにお前の素性が知られたら面倒なことになるんじゃないか？」

「脅迫するんですか!?」

「別に彼を紹介するくらいいいだろう？　知り合いのよしみでちょっと頼みたいことがあるんだよ。父さんな、実はタレント事務所を経営してるんだ。現役の頃の伝手《つて》もあって、粒ぞろいの子たちばっかりなんだよ」

必死に美雪の居場所を探し当ててきた理由がわかった。セレブ一家の一人で大作を手がけるショーンと関わりが持てれば、何らかのおこぼれに与《あずか》れると踏んだのだろう。

（つまり、所属タレントを映画に起用させたいのか）

それが現実になれば、美雪や母に無心するよりも大金が入ってくる。

「ミユキはこっちには不案内だろう？　色々と煩わしい手続きもあるからな。俺がお前の代理人をやってやろう」

「絶対に無理です。それにあなたのことを父親だとは思っていません。一度顔を見てみたいとは思ってましたけど、それも間違いでした。僕にも母にも二度と近寄らないでください」

「淋しくさせたのは悪かったと思ってる。どうしたら機嫌を直してくれるんだ？　そうだ、昔こっちの遊園地に行きたいと云っていただろう？　連れていってやろう」

「いくつになったと思ってるんですか？」

母に書かされた手紙にそんなことを記した記憶もあるが、もう会ったこともない父親を恋しがる子供ではない。

「そうやっていつまでも駄々《だだ》を捏《こ》ねるんじゃない。聞き分けが悪いのはカスミの教育が悪かったんだな。子供は父親の云うことを聞いていればいいんだ。誰のお陰で生まれてこられたと思ってるんだ！」

　父は段々と機嫌が悪くなり、声も大きくなっていく。

「父親があんたみたいなろくでなしなら、生まれてこないほうがよかったかもしれませんね」

「何だと？　父親に向かって何て口のきき方だ！　お前は俺の云うことを聞いていればいいんだよ！」

「痛っ」

　腕を摑まれ、美雪は痛みに顔を顰《しか》める。振り払いたくても、すごい力だった。

「とにかくお前は俺を監督に紹介したらいいんだよ。面倒なことにはなりたくないだろう？」

「……っ」

　暴力に慣れている気配がする。ここがホテルのロビーでなければ、とっくに殴られていたのではないだろうか。

「ちょっとこっちに来い。静かなところで話をしよう」

「やめっ、離せ……！」

　警備員を呼ぼうとしたその瞬間、ぐいと体が引き離された。

「……え？」

　目の前に大きな背中がある。鼻腔を擽る香りに体の強張りが緩んだ。

「おい、何をしてるんだ？」

「あ？　俺らは親子の話し合いをしてるんだ。他人は黙って――ショーン・ブラックウェル!?」

美雪をヒーローのように助けてくれたのはショーンだった。

彼の顔を見た途端、どっと安堵《あんど》が込み上げる。

「いやいや、あなたに会いたかったんですよ。息子がお世話になるようなので、一度ご挨拶させてもらいたくてね」

「息子？」

「ええ、ミユキの父親のウォーレン・バークリーと申します。昔はちょっとしたモデルをやってたんですが、いまは芸能事務所の社長をしてましてね。息子を使うなら、まずは代理人の私どもを通していただかないと。息子の他にもいいタレントがいますから、お役に立てると思うんですよ。そういうビジネスの話もできたらと思ってまして――」

立て板に水とばかりにセールストークを垂れ流す。媚《こ》びた表情が気持ち悪い。

「代理人なんて頼んでないだろ！」

「子供は親の云うことを聞いていればいいんだ。大人の話をするからお前は黙ってろ」

ショーンと会うという目的を果たしたため、美雪のことは二の次になったようだ。

「――お言葉ですが、あなたに父親と名乗る資格などないのでは？　生まれてから一度も会いにくることもなく、養育費も払ってなかったと聞いています。ミユキに二度と近づかないくれ」

ショーンは父をにべもなく拒絶する。

「は？」

「すまない、彼は招かれざる客なんだ。いますぐ追い出してもらえるか？」

「畏《かしこ》まりました、ミスター・ブラックウェル」

近くにいた警備員に声をかけると、数人がかりで父を出口へと連れていく。

「おい、離せ！　俺はそいつの父親だぞ！」

父は大騒ぎをしながらも、警備員にホテルから摘《つま》み出された。

「大丈夫だったか、ミユキ」

「助かりました。すみません、部屋から出るなと云われていたのに……」

「いや、いいんだ。心配になって戻ってきてよかった。君が無事ならそれでいい」

優しい笑顔にほっとする。だけど、取り返しのつかないことになってしまうのではないか——そんな不安が拭えなかった。

13

「――ああ、よろしく頼む」

美雪を部屋まで送ったあと、ショーンはフロントに電話をかけてあれこれと何かの依頼をしていた。

「彼のことはブラックリストに載せてもらった。少なくともこのホテルには入ってこられないから安心してくれ。勝手なことをしてしまったが、これでよかったか？」

「ありがとうございます、助かりました」

「先に彼の話を聞いておいてよかった。家族の問題はデリケートだからな」

「一度父親の顔を見たいと思ったのが間違いでした。部屋から出なければ、ご迷惑をかけることにはならなかったのに」

どんな人間かわかっていたのに、僅《わず》かな期待を捨てきれなかった自分が悲しくなってくる。

「一度も会ったことがなかったんだろう？　会ってみたくて当然だよ」

人目のあるところでまた騒ぎになってしまった。さっきの様子もパパラッチが写真に収めてるかもしれない。

今回はショーンのお陰で父を追い払うことができたけれど、あれで諦めるような人間ではないはずだ。

　とくにショーンと顔を合わせてしまったことがどう悪影響を及ぼすかが心配で堪らない。

「でも、どうしてミユキがいるホテルがわかったんだろう？　ミユキからは連絡は取っていないんだろう？」

「今朝の僕たちの記事を見たそうです。ショーンが一緒ならこの辺のホテルに泊まっているだろうと当たりをつけて探し回ったと云っていました」

「なるほど、タレント事務所をやるより探偵の素養のほうがありそうだ」

　わざわざ美雪を探し出す労力を他に向ければ、それなりに成功しそうだが、恐らく彼のようなタイプは人から搾取することが何よりの喜びなのだ。

「ホテル内は安全だが、このままだと外出に気を遣うな。違うホテルを手配するから、そっちに移ろう。それとも俺の家に来るか？　そのほうが安全かもな」

「えっ、ショーンの家ですか⁉」

「我ながらいいアイデアだな。人目を気にする必要もないし、送り迎えの時間も節約できる。客用の部屋もあるからプライバシーも心配はない」

「ほ、本当にいいんですか……？」

　ショーンの自宅に呼んでもらえるなんて、そんな僥倖があっていいのだろうか。

「こっちに滞在している間は憂いなく過ごして欲しいんだ。トラブルはあったけど、心から楽しんで帰って欲しい。できるなら彼のことも忘れられるといいんだが」

「……あなたは、他の人たちみたいに父親と和解すべきだとは云わないんですね」

これまで父との関係を知ると、歩み寄るよう助言してくる者が大半だった。

母親は金の無心のときしか返事をしてこない男との将来を夢想しているし、周囲の大人は「お父さんにも事情があるんだよ」とか「気にかけてくれてるはずだよ」と上っ面の言葉しか云わなかった。

母の云い分を信じて「あなたが大人になってあげたら」と云ってくる者までいた。

だが、生まれる前から我が子を見捨て、成長を見守ることもなく一円の養育費も支払わなかった男は果たして『父親』と云えるのか。

多くの人間が、家族は助け合うものだという幻想に囚《とら》われている。感動の再会や和解という親子ドラマに夢を見ているのだ。

「家族だからといって愛し合っているとは限らないし、親の義務を果たしていない人間を親と思う必要があるか？　親子だって他人だ。一緒に暮らしたこともなければ尚更ね」

「……父のことはもう忘れろと母に云うのは、自分が父のように不義理で薄情だからじゃないかって思ってたんです」

自分の中にあのクズと同じ血が流れていることも自己嫌悪の一端だった。容姿だけでなく、中味にも似てしまった部分があるかもしれない、と。

「何かできることがあるんじゃないかと思ってしまうんだろう？　だが、金の無心をする人間から距離を取るのは正しい行動だ。尻拭いを続けていても、問題が長引くだけだ。本人のためにもならない」

「――――」

拒絶している自分に罪悪感があった。あんな男でも父親だし――そう思っていた美雪はショーンの言葉にはっとした。

「まず大事にすべきは自分の気持ちだろ？」

「自分の気持ち……」

自分のことはいつも後回しにしてきた。波風が立つよりも、自分が我慢をして丸く収まるほうが楽だったから。

「自分に自信がなくたって、何にも持ってなくたって人には幸せになる権利がある。極端なことを云えば、例えば凶悪な犯罪を犯した人間にだって人権はあるんだ。何かの対価ではないんだよ。だから自分の自分自身への評価と別に権利は主張すべきだ」

「わかっていてもなかなか難しいですね」

「君が好きだって云ってくれた台詞にもあったけど、人生においてどんな選択をしたって後悔するときは後悔する。だけど、自分の気持ちを詳《つまび》らかにして、自分で選択しておいたほうが、何ごとも納得できると思わないか？」

――どんな選択肢を選んだって多かれ少なかれ後悔するんだ。だったら、僕は自分ができることをしたい。自己満足で何が悪い。

『ザ・プログレス』でレミントンが口にした台詞だ。

（いつショーンに云ったたっけ？）

　その台詞は美雪自身の指針になっている。後悔しがちな性格で、それを気に病むこともあったけれど、レミントンだって選択を後悔することもあるのだと。

「先のことなんて何もわからないんだ。過ぎたことにもしもを云ってもどうしようもないだろ？　ま、後ろを振り返りたがる自分への戒めもあるけど」

　上辺だけではない言葉が胸にすっと入ってくる。

「やっぱり僕、あなたみたいな兄がいて欲しかったです」

　人生の先輩として身近にいたなら、もっと前向きになれたはずだ。

「……それはちょっと困るな」

　苦笑いと共に帰ってきた言葉に、美雪は我に返る。さすがに図々しい発言だった。

「すみません、調子に乗りすぎですよね」

「いや、そうじゃないんだ。ミユキとは兄弟とは違う関係になりたいと思ってるから」

「違う関係、ですか？」

　意味が摑めず首を傾げる。

「兄弟だと恋人にはなれないだろう？」

「そうですね。……え？」

「今朝の記事にあんなふうに書かれていたのは、俺の気持ちが見透かされていたからかもしれない。

君が俺のことをクリエイターとして尊敬してくれている気持ちにつけ込んであんなことをしてしまうなんて最低だった」

　あんなことというのは、キスのことだろうか。ショーンだけが気に病むことではない。美雪だって嫌だと云わずに身を任せたのだから。

「こんなときに云うなんてつけ込むようで狡《ずる》いと思われるかもしれないが――君を好きになってしまった」

「……え？」

　君というのは誰のことを云っているのか。

　信じられない展開にパニックに陥る。美雪に都合のいい白昼夢がくり広げられているとしか思えなかった。

「すまない、こんなことといきなり云われても迷惑だとはわかっている。こんなふうに自分を抑えられないのは初めてなんだ。そんな対象には見られないというなら、いまのうちに振って欲しい」

「あの、冗談ですよね？」

「こんなこと冗談で云うように見えるか？」

「見えませんけど……」

「俺に気を遣わなくていい。嫌なことは嫌だってはっきり云ってくれ」

「嫌だなんて思うわけないじゃないですか！」

ファンだから気を遣っているのだとは思われまいと言葉を探す。

「もちろん元々憧れてましたけど、実際にお会いして素晴らしい人だとわかって、お話ししてても楽しくてドキドキして、抱きしめられたときは心臓が止まりそうになって、昨日頬にキスされたときは舞い上がるような気持ちでドキドキが収まらなくて——」

勢いで一人でしてしまったことを云いそうになり、思い止《とど》まる。しかし、ショーンは追及してきた。

「それでどうしたの？　教えて欲しい」

「えっ、いや、何も——」

「何もって顔じゃない気がするけど」

「……ショーンにキスされて、それでその……」

聞き取れるか聞き取れないかという蚊の鳴くような声で白状した。全身真っ赤になっているのではと思うくらい羞恥で体が熱い。ショーンは尋問の才能がある。

「俺の夢でも見てくれたのかと思ったけど、そうか、嬉しいよ！」

予想に反して、ショーンは嬉しそうに相好を崩す。

「引かないんですか？」

「どうして？　好きな子が自分のことを想像して、エッチなことをしてくれたのに喜ばない男がいる？」

「……っ」

ストレートに云わないで欲しい。

「想像だけで満足してる？」

「へ？」

「俺は本物の君が欲しい」

「ショーン――」

近づいてくる顔から目が離せないまま、唇を重ねられた。柔らかな感触に甘い電流が全身を走り抜ける。

啄《ついば》むように唇を食まれているうちに自然と口が開いてしまう。ショーンは美雪の頭の後ろに手を添え、その隙間から舌を差し入れた。

「ん……っ」

口腔に入り込んできた濡れた感触に頭の芯がしびれる。舌同士が擦れ合うと、ぞくぞくと背筋が震えた。

美雪は教えられたばかりのキスの気持ちよさに夢中になる。不慣れでぎこちないながらも必死にショーンに応えた。

「んん、んっ……」

上顎を舐められたり、舌先を吸われたりしているうちにすっかり体が熱くなる。下腹部は痛いくらいに疼いており、自分で触れたい衝動に駆られた。

ショーンがいるのにそんなことをするのは憚《はばか》られる。

「キスが好き？」

「……多分。昨日、ショーンとしたのが初めてなのでよくわかりません……」

美雪の返答に、ショーンは目を丸くした。

「昨日が初めて？」

「いままで誰とも、つき合ったことがないので……」

「嘘だろ？　本当に？」

「す、すみません」

　この歳で未経験なんて、歓迎はされないだろう。

「何を謝ることがあるんだ？　むしろ、俺のほうが謝っておかないとまずいかもな。酷いことをするつもりはないが、自分を抑えられないかもしれない」

「ショーンになら、酷いことをされてもいいです」

「欲情してる男の前でそういうことを云ったらダメだ。何をされるかわからないぞ」

「構いません。僕もショーンが欲しいから――んん、んー…っ」

　キスが深くなる。貪られている、というのが相応しいくらいに口の中を蹂躙《じゅうりん》される。そのままベッドに押し倒され、のしかかられた。

　ショーンのキスは怖いくらいに気持ちいい。体中が蕩けるような感覚に、全身の力が抜けていく。

キスに溺れさせられながら、体中を弄られた。

「ン、ぅん、んっ、んん」

シャツの下に潜り込んできた手の平が美雪の素肌の上を滑っていく。形を確かめるように撫でさすられる感触に身悶《みもだ》えた。

「んっ」

不意に掠《かす》めた感触に喉の奥が甘く鳴った。小さく尖《とが》った乳首を捉えられ、指の間で強く摘まれると、びくっと体が震えた。むず痒いような違和感の中に電流が走るような瞬間もある。

「ミユキはここが感じやすいんだな」

指の間で強弱をつけて捏ねられると、ぞわぞわとした感覚が背筋を這い上がってくる。

「わ、わかりません……何か擽ったい……っあ！」

ショーンはシャツを捲り上げ、弄られて硬くなった美雪の乳首を舐めた。

「やっ……！」

「美味しそうだったから、つい」

そう云いながら、悪びれもなく舌の上で転がし、吸いついてくる。

「あっ、やだ、んんっ」

強く吸われたり、噛んだりされるたびに腰が跳ね、熱く濡れた刺激に甘い声を上げてしまう。初めての感覚になすすべもなく翻弄される。

下腹部の疼きも耐えきれないほどのものになっていき、気を紛らわすために膝を摺《す》り合わせる。そのせいで昂《たか》ぶりが張り詰めていることに気づかれてしまった。

「もう苦しい？」

「……っ」

服の上から撫でられ、息を呑む。美雪のそれは下着の中で窮屈にしている。ショーンはズボンと下着を引き下げ、充血して張り詰めた屹立《きつりつ》を露《あら》わにした。

「や……っ」

自身が剥き出しになり、かーっと顔が熱くなる。隠そうとした手を寸前で捕らえられてしまった。

「ダメだよ、ちゃんと見せて」

「あっ、待っ……っ」

ショーンは摑んだ両手を押さえたまま体を屈《かが》めてあちこちにキスをし、美雪の肌に痕跡を残す。強く吸い上げられた場所は一際疼く。

やがて辿り着いた美雪の昂ぶりに恭しく口づけを落とした。

「!?」

制止する間もなく、根元から大きく舐め上げられた。

「だ、だめです、汚いから……」

「ミユキのは汚くなんかない。こんなに硬くなってたら苦しいだろう？　何も考えずに感じてくれればいい」

「そんなこと——ひぁ、あ、あ……！」

ガチガチになっていた屹立がショーンの唇に呑み込まれていく。熱く濡れた感触に包まれ、神経が焼き切れてしまいそうだ。

困惑している美雪をよそに、ショーンは口にしたものに舌を絡めて舐めしゃぶり、体液の滲む先端を舌先で抉《えぐ》る。

窄《すぼ》めた唇で擦るように刺激しながら、根元の膨《ふく》らみも指先で弄《もてあそ》ぶ。

「や、あ、だめ、あっあ、あ……っ」

強すぎる快感に逃げ出したくなるが、腰をガッチリと押さえ込まれていて動けない。そうこうしているうちに下肢に力が入らなくなっていく。

やめさせたくても、ショーンを強引に引き剥がすこともできず、生まれて初めての行為に翻弄されるしかなかった。

「もう出る、から、離してくださ……っ」

そう懇願したのに、ショーンは手加減するどころか愛撫《あいぶ》に熱を込める。

「あ、あっ、ぁあ……っ」

強く吸い上げられ、呆気《あっけ》なく上り詰めてしまった。ショーンは口腔に受け止めたものを嚥下《えんか》し、濡れた唇を舌で拭う。

刺激の強すぎる行為と絶頂の余韻に頭がぼんやりとしている。ものすごいことをされてしまった。

未経験ではあるものの、オタクとして生きてきた美雪には知識だけはある。

自分でもちょっとエッチな内容の話を書いたり、過激な十八禁の同人誌を読んだりはしていたけれど、知識と実際の行為には大きな差異があった。

映画やドラマで俳優時代のショーンのラブシーンをドキドキしながら見たこともあるけれど、その人がいまは自分を抱こうとしている。

ショーンは一度どこかに消えると、小さな容器を手に戻ってきた。バスルームに置いてあったアメニティのボディローションのようだ。

「ミユキの中に入る準備をさせて」

夢見心地でぼんやりとしていた美雪は、深く考えずに頷いた。

足に引っかかっていた服を手早く取り去られ、膝を立てさせられる。あらぬ場所にぬるぬるとした感触がしたかと思うと、その中に何かが押し込まれた。

「あっ」

自分の中で蠢《うごめ》いているものがローションを纏ったショーンの指だとわかり動揺する。

「慣らしておかないと傷つくから。少し我慢できるな？」

小さく頷き、抜き差しされる奇妙な感覚に歯を食い縛った。そうやって後ろを弄られているうちに、一度爆ぜたはずの自身がまた芯を持ってくる。

「う、ん、ぁ、あ……っ」

体の内側を擦られ、押し広げられる恥ずかしさに気が遠くなってくる。まな板の上の鯉《こい》とはこういう気分なのかもしれない。

時折、びくっと体が反応するのはより敏感な場所に触れられたからだろうか。自分の体のことなのに、よくわからない。

息が上がり、焦燥感に似た感覚に襲われる。このままではおかしくなってしまいそうだ。

「ショーン、もう、お願い、もうやだ」

「痛い？」

「ちが、はやくおわりにして」

「……わかった」

ショーンはシャツを脱ぎ捨て、ズボンのウエストを緩めて押し下げる。そそり立つ怒張を目の当たりにして、美雪は息を呑んだ。

男の体は意外にデリケートだ。欲情していなければ、こんなふうに張り詰めることはない。

ショーンはアルミのパッケージに入った避妊具を取り出し、自身に手早く装着した。その手慣れた仕草にほんの少し苦みを覚える。見たこともない誰かに嫉妬してしまう。

「いい？」

気遣わしげな問いかけに小さく頷く。こんな甘えた顔でショーンに迫られ拒めるはずがない。苦しそうに張り詰めたものを放置するのは忍びなかったし、美雪自身もこのままでは終わりたくなかった。

「いまから君の中に入るから、力を抜いて」

「――――」

大きく開かされた足の間にショーンを受け入れると、しつこいくらいに慣らされた窄まりに、熱くて硬いものが押し当てられた。

ごくりと喉を鳴らした瞬間、その先端が押し込まれる。

「……っ」

歯を食い縛り、焼けつくような熱塊が体の中にゆっくりと押し入ってくるのを耐え忍ぶ。内臓が押し上げられるような感覚に呼吸が浅くなる。

「大丈夫だ、無理はしない」

体を繋げられているという事実にくらくらする。自分を犯しているそれの逞《たくま》しさに引き裂かれそうだった。

美雪の体は入り込んだショーン自身を締めつける。粘膜が小刻みにひくついているのが自分でもわかり、物欲しげに思えて恥ずかしかった。

「大丈夫？」

問いかけに頷きつつも、何が大丈夫なのかわかっていなかった。ショーンは繋げた体をゆっくりと動かす。

伝わってくる振動に、美雪の体は甘く震えた。その動きは少しずつ、確実に大きくなってくる。

「あっ、あ、ん、あ……！」

奥を突かれるたびに、目の前がチカチカとハレーションを起こす。

「偉そうなことを云ってたけど余裕がなさそうだ」

「え……？」

ショーンは美雪の細い腰をキツく掴み、それまで以上に激しく打ちつけてくる。ガクガクと揺さぶられ、内壁を抉られながら最奥を突かれ、悲鳴じみた嬌声《きょうせい》が上がる。

「待っ……ゆっくり、あっあ、あ……！」

荒々しく体の中を掻き回され、頭の中までめちゃくちゃになる。伝い落ちていく体液とローションが入り交じり、穿《うが》たれるたびに濡れた音が立つ。

「これ以上は無理だ」

「やっ、あ、そこ……！　だめ、あっあ、あ……！」

空に伸ばした手が何かを掴む。自分を責め立てている男の背中に爪を立て、振り落とされないよう必死に縋りつく。

蹂躙された粘膜は不規則に収縮し、出入りを繰り返す屹立にねっとりと絡みつく。ショーンはそれを引き剝がすように深い抜き差しで美雪を追い立てた。

「あっあ、あ、ショーン、もういく、いっちゃう……っ」

息も絶え絶えに訴えると、動きはますます激しさを増した。

「好きだよ、美雪」

目を開けると、切なげな眼差しで見つめられていた。愛《いと》おしさで胸がいっぱいになる。

世界で一番好きな人が、自分だけを見つめてくれている。こんな幸せなことが起こるなんて、夢のようだ。

ショーンは悶える美雪の体を押さえつけ、激しく蹂躙する。悲鳴じみた嬌声を上げ、深雪は終わりを迎えた。ショーンも中で果て、重なるように落ちてくる。

美雪は汗の滴る体を受け止め、万感の想いで抱きしめた。

14

（……すごかった……）

あんな快感がこの世に存在しているなんて知らなかった。体力の限界がなければ、もっと溺れ続けていただろう。

体中にショーンの感触が残っている。腰が立たずシャワーに抱いて連れていってもらったが、またそこでもしてしまった。

熱に浮かされている間はよかったが、我に返ったいまは羞恥でショーンと顔を合わせられなかった。

「ミユキ、いつまでそうしてるんだ？」

「だ、だって」

恥ずかしくてベッドから出てこられない美雪をショーンは笑う。初めてだというのに、嘘みたいに乱れてしまった。

（よくあんな恥ずかしい言葉を……！）

正気では到底口にできないような言葉であれこれとねだってしまった。

「すごく可愛かったのに」

「……っ」

ショーンの感想に、美雪は茹《ゆ》で蛸《だこ》のようになる。

疲れ果てている美雪とは裏腹に、ショーンは平然としている。一般的に絶倫というのではないだろうか。

「……あの。ショーンはいつも持ち歩いてるんですか？」

恥をかいたついでに、気になっていることを聞いてみた。

「ん？」

「その、つけるやつを」

「ああ、あれか。昨日の帰り際、ケニーに無理やり押しつけられたんだ。万が一のときのためにって」

「え？」

「俺の下心を見抜かれてたんだろう。返そうとしても受け取ってもらえなくて――でも、あってよかった」

「〜っ」

もしかしたら、ケニーは美雪の無自覚な感情にも気づいていたのかもしれない。

「そのままでいいから聞いて欲しい。俺はやっぱり君が書いたあの作品の映画化を諦められない」

「！」

「シリーズにとって、レミントンの弱さを描くのは絶対に必要だ。彼の弱さを描くことは制作会社の方針に反しているかもしれないが、君の描いたレミントンを撮りたいんだ。企画を通すのはこれからだけど、可能なら君に制作に関わって欲しい。一緒に作っていければ、君の懸念も払拭できるんじゃないかと思う」

「……でも……僕はただのファンで、素人ですよ？」

「誰だって最初は素人だ。技術はいくらでも磨ける。だけど、感性は人それぞれ違うだろう？　君の感性を俺に貸して欲しい。一緒に映画を撮ろう」

「――――」

これまで以上のショーンの本気を感じる。自分が制作に関わるなんて無理に決まっている。だけど、そう簡単に云える雰囲気ではなかった。

「大丈夫、まだ考えてくれてていいから。でも、いい返事を待ってるよ。例の件でプリシラから呼び出されてるからちょっと行ってくる。夕方迎えにくるから、それまでに荷物をまとめておいて」

ショーンは美雪を残し、部屋を出ていった。

「……僕が、一緒に？」

これまでどうやって上手く断るかということばかり考えていたけれど、ショーンは一歩先に進んだところにいた。

好きだと云われたことも体を重ねてしまったことも現実味が湧いていないのに、一緒に映画を撮ろうと云われても自分にはおこがましいくらいの怒濤《どとう》の展開に頭がついていかない。

（やっぱり僕は壮大な夢の中にいるのでは）

雰囲気に流されて抱かれてしまったけれど、自分がショーンの恋人だなんて許されるのだろうか。それこそ一夜限りの関係や遊びの相手ならまだわかる。だけど、実際に会ってみたショーンは、誠実で自分の欲望のために遊びで誰かと関係を持つような人間ではなかった。

自分の二次創作が原作なんて滅相もない、と腰が引けていたけれど、一緒に映画を撮るということには気持ちが揺らぐ。

確かに一緒に作っていけるなら、ショーンやプリシラの意見が大いに反映されるだろう。アイデアの一部として使われるだけなら受け入れられるかもしれない。

「あれ、これって……」

テーブルに車のキーが置いたままになっていることに気がついた。これがなければどこに行くこともできない。

いまならホテルの中で追いつけると、キーを掴んで部屋を出た。長い廊下を走っていくと、エレベーターホールから話し声が聞こえてきた。

「ショ――」

声をかけようとして、足が止まる。ショーンとプリシラの声だった。

「彼を連れてきたのは間違いだったんじゃない？　なんなのあの記事！　あんな勝手なことをさも関係者みたいに――」

険のある声はプリシラだ。

「あれは弁護士に対応してもらえばいい。事実は明白なんだから」

「だとしても、こちらの負担が大きいでしょ。賠償金だって取れるかどうか……。あの子が傍にいる限り、あのゴロつきみたいな男がついて回るのよ」

ため息交じりに告げられた内容に察しがついた。美雪の父親が何か行動を起こしたのだろう。

（……僕のせいだ）

あんな男をショーンに接触させてしまったから、こうして迷惑がかかってしまっている。

プリシラの云うとおり、美雪がこちらに来なければ父がショーンに近づくこともなかった。接点を作ってしまったのは、他ならぬ自分だ。

「彼を責めるな。今回の件はミユキに否はないだろう」

「責任はなくても原因はあるでしょ」

「それを云ったら何にだって因果はあるだろう」

「そうよ。だから、危機管理をして欲しいって云ってるんでしょ。あの子を日本に帰して関係を断てば、ああいう輩《やから》もいなくなる。そもそも、ファンとクリエイターが親密になりすぎるのはよくないと思わない？」

「それはどういう意味だ？」

「立場が違うって云ってるのよ」

「俺は美雪のことはクリエイターだと思ってる。君だって、彼の才能は認めてるだろう？」

「才能はあると思うし、これからも素晴らしい作品を生み出すと思うわ。だけど、オリジナルが書けないんじゃ、プロとしてはやっていけないでしょ。あなたはあの一作を撮ったあとの彼の人生を丸抱えするつもりなの？」

「それは――」

冷静な問いかけに、ショーンははっとした様子だった。

「彼には彼の人生があるのよ。あなたの気まぐれでそれを左右していいと思ってるの？　ミユキがあなたの誘いを真に受けて、いまの仕事を辞めてしまったらこの先どうするのよ」

「――――」

「あの話は素晴らしいわ。映像化したい気持ちもよくわかる。でも、彼の承諾を得なくてもいいじゃない。元々、あなたが描きたかったテーマなんだから、キャラクターを新たに作って、改めてストーリーを練ればいい。そうする権利はあなたにあるはずよ」

プリシラの云うことも可能だろう。こちらは飽くまで二次創作だ。だけど、そんな不誠実なことを彼女が云うなんて。

「どうして急にそんなことを云うんだ。そもそも、ミユキの作品を教えてくれたのは君じゃないか」

「そうよ。でも、私は単にあなたがスランプから抜け出すきっかけになればいいと思っただけよ。ファンのエネルギーを感じれば刺激になるんじゃないかって。わざわざ書き手に会いにいくだなんて思ってもみなかったわ」

「十分刺激になったよ。だから会いたいと思ったんだ」

「だから、それが失敗だったって云ってるの。何も考えずに招待なんてするから、あんな面倒ごとが舞い込むんじゃない。私が普段あなたをどんな思いで守ってるかわかってるの？　私はあなたに何の憂いもなく作品作りに専念してもらいたい。それだけなの」

　プリシラの口調から、美雪の存在をよく思っていないのがわかる。実際、父親が迷惑をかけているため、ショーンの反論も歯切れが悪かった。

「……俺はミユキを手放したくない」

「ちょっと、まさか彼のことが好きなの？　あなたのそんな顔見たことない」

「ああ、そうだ。こんな気持ちになったのは生まれて初めてなんだ」

　ショーンの告白にプリシラは絶句した。

「嘘でしょ、いままでのあなたの好みと全然違うじゃない」

「そうだな。でも、好きになってしまったんだから仕方がない」

「なるほど、彼の才能に恋してるのね。だけど、彼自身はあなたに相応しくない。吊り橋の上でドキドキしてるようなものよ。一時の気の迷いだって、あなたもすぐに思い直すはず」

　ショーンを説得するプリシラの言葉が胸に刺さる。

「彼だってそうよ。憧れの監督に好きだって云われたら、誰だって舞い上がる。でも、一緒に人生を歩む相手じゃないってことにすぐ気づくわ。冷静になって賢い選択をして、ショーン」

さっきまでのふわふわした気分はとうに消え去り、全身から血の気が引いていた。足音を立てないよう、美雪はそっと来た道を戻る。

プリシラの言葉に、一気に夢から覚めた。

彼女の云うことは正しい。ショーンの恋人として、美雪が相応しくないというのは尤《もっと》もだ。彼にはもっと釣り合いの取れた相手がいるはずだ。

今後、父のことで迷惑をかけないとも限らない。自分が傍にいることは確かに彼のためにならないだろう。

ショーンの気持ちは微塵も疑っていない。だけど、彼の決断が正しいと云えるほどの自信は美雪にはなかった。

音を立てないようドアを開けて部屋に入り、殺していた息を細く吐き出す。

(賢い選択、か……)

美雪に選べる選択肢は一つしかない。

短い時間でも、夢を見させてもらっただけで十分だ。

15

「それじゃ、あとよろしくな」

「はい、お疲れさまでした」

一緒に残っていた同僚の一人が帰っていった。

数日で切り上げることになったけれど、イレギュラーな休みを取ったことに対して社内では風当たりが強かった。

いま美雪は休んでいた間に溜まっていた仕事に追われ、サービス残業の毎日だ。

休んでいたぶんだと渡された仕事の量がまず膨大だった。本来の仕事ではないものもついでのように混ざっていたが、それを指摘できる空気でもなく、美雪は諾々と従う他なかった。

アメリカからは本来の予定を繰り上げ、逃げるように帰ってきた。帰りの航空券の手配はショーンが席を外した隙にプリシラに頼んだ。

急ぎの仕事が入り帰国しなければならないと告げると、彼女は明らかにほっとした様子で引き受けてくれた。

ショーンに会えば別れがたくなってしまう。だから、挨拶もせず飛行機に乗り込んだ。

帰りの便はエコノミークラスの席で左右が大柄な乗客だったため、身を潜めるように座るしかなく、ろくに眠れもしなかった。行きに乗ったファーストクラスとの違いに、現実を突きつけられたようで夢から覚めていくのを感じた。

美雪と関わっていれば、ショーンにはあの詐欺師のような父がしつこくつきまとうだろう。

ショーンは優しいから、美雪に責任はないと云ってくれるだろうけれど、髪の毛の先ほども迷惑はかけたくない。

彼には何の憂いもなく、映画作りに没頭して欲しい。それがファンとしての美雪の心からの願いだ。

接点が残っていると、未練も断ち切れない。思い切って、二次創作の投稿サイトのアカウントも消し、雨音にも英訳して転載したものを削除してもらった。

ショーン本人には帰国してから改めて断りとお礼のメールを送り、さよならを告げた。

（夢の時間が終わっただけだ）

いまが美雪にとっての本当の日常で、現実なのだ。

二次創作活動が生き甲斐であったこともあり、いまは自分の中にぽっかりと穴が開いたようになっている。

日常的な独り言を投稿していたＳＮＳに他愛もない呟《つぶや》きを書き込む気力もない。雨音からも『大丈夫？』と連絡が来るけれど、返事すらままならなかった。

仕事中はやることが多すぎて他のことを考えている余裕もない。会社でもミスを連発し、先輩に叱《しっ》責《せき》された。人前で必要以上に怒鳴られていると、心が疲弊していく。

「お前さ、この会社で働くの向いてねーんじゃねーの？」

昼間、木崎に云われた言葉がまだ頭の中に残っている。自分でも薄々感じていたことだっただけに、ダメージは大きかった。

末席だったとしても、出版に関われているいまの仕事は好きだ。一部でも自分が手がけたデザインが書店に並んでいる様子を目にするのも誇らしい気持ちになれる。

だけど、今日も云われたとおり天職とは云いがたい。あちこちにいい顔をしようとするから、進行管理の仕事も中途半端になってしまい、今回のミスを招いたのだ。

こういうとき、以前は『ザ・プログレス』を見て元気をもらっていた。だけど、いまはショーンのことを思い出して余計に辛くなってしまう。

（ショーンはどうしてるかな……）

ふと、彼の笑顔が脳裏に浮かぶ。

思い返してみても、本当に夢のようなひとときだった。もしも、彼の申し出を受け入れていたら、いま頃自分はどんなふうに過ごしていただろう。

彼と一緒に一つの作品を作り上げる時間は、さぞ素晴らしいものになったに違いない。

だけど、プリシラが云うように彼の隣に自分は相応しくない。彼女のような才能と自信に溢れた人物こそ似つかわしい。

美雪は毎晩のように彼の夢を見て、朝目覚めてガッカリする。この現実のほうが夢だったらどんなにいいかと夢想しながら電車に乗る毎日だ。

　未練がましく身に着けているのは、ショーンの愛用している香水だ。庶民には高すぎる代物だが、彼との思い出として買ってしまった。

（これが片づいたら、もう会社を辞めよう……）

　出版業界への憧れから、その一端にでも関われればと思いデザイン事務所に就職したけれど、やはり自分には向いていなかったのだ。

　今日のミスを残業でどうにかリカバリーして会社を出る。

　ビルの谷間から空を見上げると、パンケーキのような月が昇っていた。ロサンゼルスはいま朝の七時だ。ショーンはブランチを食べている頃だろうか。

「あのパンケーキ全部食べられればよかったな」

　あんなに美味しい朝食は、二度と口にはできないだろう。爽やかな海風の中、嬉しそうにパンケーキを食べるショーンを思い出すと胸が締めつけられる。

「帰りにパンケーキミックスでも買って帰るか」

　店と同じものは焼けないけれど、思い出の欠片くらいは味わえるかもしれない。

　コンビニに寄っていくことを決め、いつもとは違う道へと足を向けた瞬間、キキィッとブレーキのかかる音がして、目の前に車が停まる。

　国産車だが、ワインレッドの車体がショーンの愛車を思い出させる。彼への恋しさから、いまは何を見ても結びつけて考えてしまう。

「ミユキ！」

運転席から降り、名前を呼んできた人物の姿を見て、美雪は唖然《あぜん》とした。

そこには毎晩夢にまで見たショーン・ブラックウェルその人が立っていた。

「……嘘……」

「よかった、すれ違わなくて」

とうとう白昼夢を見るようになったかと思い、手の甲で目を擦り、目の前にある顔を何度も確認する。

「本当に本物……？　何でこんなところに――」

「会いたい人に会いにきただけだよ」

「会いにきただけって……」

近所に買い物に来たかのような気安さで云うが、ロサンゼルスからは少なくとも十二時間近くかかるはずだ。

自分のためにそこまでしてくれたことに胸がいっぱいになると同時に罪悪感を覚える。

きっと、黙って帰っていった美雪に納得がいかなかったに違いない。美雪が連絡を全てブロックしていたから、話をするには直接会いにくるしかなかったのだろう。

「酷い顔をしてるな。ちゃんと食事は摂ってるか？　その様子じゃよく眠れていないんだろう」

　ショーンは宝物に触れるように、美雪の頬をそっと撫でる。云われたとおり、このところまともな食事はしていないしろくに眠れてもいない。

「ちょっと仕事が忙しくて……。そんなことより、僕に会いにきたりしたらダメですよ！　早く帰らないとプリシラに叱《しか》られます」

　ショーンに会えたことを喜んでいる場合ではない。彼には二度と会わないと決めたのだ。

　それにプリシラが快く送り出したとは思えなかった。本当ならいま頃、ショーンは脚本の執筆に専念しているはずだ。

「プリシラは俺の母親じゃないんだ。俺は俺の信念に従って行動する。あのとき、プリシラとの会話を聞いていたんだろう？」

「…………」

　惚けようとしたけれど、上手く言葉が出てこなかった。

「やっぱりな。プリシラが云ったことは気にしなくていい……と云っても気になるよな。ミユキは俺を気遣って身を引こうとしてくれたんだろう？」

「そういうわけじゃ……」

「図星って顔をしてるぞ。ミユキは嘘が下手くそだな。それに人がよすぎる」

「違います。僕は自分勝手なだけなんです」

　波風を立てずにいることが幼い頃からの習い性になっていた。それは相手のためではない。面倒なことから美雪が目を逸らしていただけだ。

　臆病で身勝手だから、ショーンの傍にいることを選んでいつか彼の目が覚めてしまう日が来るのが怖かった。そうなる前に逃げ出したのだ。

「ちゃんと話をしよう。本当の気持ちを君の口から聞かせてくれ」

「……はい」

　美雪はこくりと頷く。ショーンに手を引かれ、夜の街に一歩足を踏み出した。

16

ワインレッドの車は空港で借りたレンタカーらしい。美雪の自宅よりは近いからと、ショーンの泊まっている部屋に連れてきてもらった。

初めて会ったときと同じホテルの最上階だった。見事な景色だが、色んなことが頭の中に渦巻いていて窓の外を楽しむ余裕などない。

「あの！　僕、ショーンに――」

勢い込んで口を開いたら、唇に人差し指を押し当てられた。

「夜は長いんだ。腰を下ろしてゆっくり話をしよう」

ショーンは部屋に備えつけのミネラルウォーターのペットボトルを蓋を開けて渡してくれる。そういえば、喉がカラカラだった。

「ミユキの話も聞きたいし、俺の気持ちも聞いてもらいたいけど、その前に報告しておくことがあるんだ。とりあえず、コーヒーでも淹れようか」

ショーンはお湯を沸かし、コーヒーのドリップパックをカップにセットする。お湯が注がれると、香ばしい香りが部屋に漂ってくる。

「あの、報告しておくことというのは……」

「君の父親のことだ」

「！」

　考えないようにしていた男の話題を出され、ぎくりとなる。

「気にしてただろう？　彼のことは心配ないと伝えておきたかったんだ。結論から先に云うと、もう君にも俺にも近づくことはないから安心して欲しい」

「どういうことですか？」

「彼はタレント事務所をやっていると云ってただろう？　タレントといってもレッスンもしていない若い子を言葉巧みに集めて、レッスン代として金を取っていたようだ。それでも資金繰りに困っていたらしく、大きな仕事が欲しかったみたいだ」

「それでショーンに近づいたんですね」

　やけに必死だった理由がよくわかった。金だけでなく、事務所の箔《はく》も欲しかったということだろう。

「酒臭かったのが気になって少し調べたんだ。そうしたら、ほとんどアルコール依存症といってもいいような状態だった。あの様子だとドラッグにも手を出してる可能性がある。いまのままじゃ日常生活にだって支障を来《きた》してるはずだ」

「そんなに酷いんですか？」

「経営者としての素質以前の問題だ。ギャンブル依存もあるだろうな」

「でも、どうやって接近禁止を納得させたんですか？」

「あることを条件に、俺の権限で所属タレントをオーディションに呼んでもいいと云っておいた」

「え？」

「弁護士を立てて、サインをさせた。今後は君たち親子に一切接触しないこと、リハビリ施設に入って全てを完全に絶つこと、俺の許可なく取材を受けないこと、これがオーディションの条件だ」

「そんな約束をして大丈夫なんですか!?　そんなのショーンには何のメリットもないじゃないですか」

「ミユキは彼のことが心配で俺の元を去ったんだろう？　君に一緒にいてもらうためには必要なことだ」

「……！」

「ああいうタイプは正攻法で拒んでも、捨て身で反撃してくるだけだ。似たタイプをよく見てきたからな。それに依存症というのは簡単には治らない。一年や二年でどうにかなるものじゃないんだ。もし、彼が約束を果たせたとしたら相当な努力の結果だ。心を入れ替えたと判断してもいい」

「嘘をつく可能性もあるじゃないですか」

「そこは念入りに調査を入れるから大丈夫だ。酒を一滴でも飲もうものなら、約束はなかったことになる。それに俺がした約束はオーディションに呼ぶことだけだ。最高のパフォーマンスを見せてくれたら採用もあるかもしれないが、そうでなければそこまでだ」

　つまり、ショーンは父に見えない枷《かせ》を嵌めてくれたということだ。

「ちなみに彼には二度の結婚歴があり、君よりも二つ年上の子供もいるようだ」

「えっ!?」

美雪よりも年上ということは、母と出会う前にはすでに子供がいたということだ。

無責任で図々しい男だと思っていたけれど、まさか母をナンパしたときには結婚していたなんて。

「詳しいことはここに書いてある。この報告書は好きに使ってくれ。見たくもないなら俺が持って帰る」

紙のファイルに挟まった書類を差し出される。

「……ありがたく受け取らせていただきます」

あんな男の人生など知りたくもないが、敵の情報は多いほうがいい。

「これでハードルが一つなくなった。それを踏まえて、俺の提案について検討し直してもらいたい。俺と一緒に映画を撮ってくれ」

「そのお誘い、本当に僕でいいんですか？」

「ミユキを置いて他にはいない」

「条件があります」

天下のショーン・ブラックウェルに条件を突きつけるなんて何様だろうかと自分でも思う。だけど、これだけは譲れない。

「僕の書いたものを映画にするのは考え直して欲しいんです。もちろん、ショーンが僕の書いた話を映画にしたいと思ってくれたのは光栄だし、ものすごく嬉しいです。でも、僕の書いた話は、僕の物語なので、それを撮るのは違うと思うんです」

　一度深呼吸をして、続ける。

「続編を作るなら、ショーン自身で書いた物語であって欲しいです。あのシリーズを大事に思っている人は世界中にたくさんいるし、レミントンのことをわかってる人だってたくさんいるはずです」

　必死に言葉を探して伝える。

「俺の物語か——わかってもらえたことが嬉しくて、君の書いた物語を映像にしたいという気持ちばかりだったけれど、きちんと自分で向き合う必要もあるな」

　同意してもらえてほっとする。

「だけど、君の作品からインスピレーションを得たことも事実だ。よければ物語を作るサポートをしてくれないか？」

「もちろんです。もしも僕が協力できることがあるなら何だってします！」

　改めて依頼され、二つ返事で引き受ける。

「こんなことを云われてもすぐには決められないだろうけど、君さえよければアメリカに基盤を移さないか？」

「——え？」

　ショーンの申し出に、美雪は目を瞬く。

「離れていて、声も聞けない日々を過ごして実感した。君と共に生きていきたい。気が早いと云われるかもしれないが、できることならいますぐ連れて帰りたいくらいだ」

　まるでプロポーズだ。

　俄には信じられず、時間を巻き戻して確認したかった。

「プリシラにミユキの人生をどうするつもりだって迫られて、考えたんだ。一時の恋人ではなく、一生を共にしたいって。ミユキ。公私共に俺のパートナーになって欲しい」

　熱烈な言葉に目眩《めまい》がする。

「ぼ、僕で、いいんですか？」

「君だからお願いしてるんだ」

　別れてからずっとショーンのことを考えていた。二人で過ごした時間を思いながら、色褪《あ》せた日々を過ごしていくんだろうと思ったこともある。

　これまでの自分なら二の足を踏んでいただろうが、人生には思い切って一歩踏み出さなければならないときがあるとショーンの作品に教えてもらった。

「僕も……！　ショーンと生きていきたいです」

　返事と共に力強く抱きしめられる。逞しい胸板に顔を埋《うず》め、大きく息を吸う。温かく包み込むような匂いがした。

　こんなふうに美雪が素直に自分の気持ちを口にできたのは、一度ショーンから離れたからかもしれない。毎日のように彼のことを考え、恋しさに身を切られるようだった。

ショーンの腕の中にいるいまは、安心感に包まれている。

「何も云わずに帰られて、どれだけショックだったかわかるか？」

「ごめんなさい……」

「そう簡単には許せないな」

謝るけれど、硬い口調でそう云われる。

「許してくれるなら何でもします……！」

自分はそれだけのことをしてしまった。どんなことをしてでも償いはするつもりだ。

「本当に何でもしてくれるんだな？」

にっこりと笑ったショーンの表情に、美雪は一抹の不安を感じた。


「あっ、は、あ……っ」

もう何も出てこないくらい何度もイカされたせいで四肢は弛緩《しかん》し、神経だけが鋭敏になっている。

美雪は後ろから抱えられるような体勢で、大きな手の中で性器をもみくちゃにされている。まるで、手慰みのオモチャにされているようだった。

たっぷりローションを塗り込まれた窄まりは、弄られすぎて腫れぼったくなっている。

勃《た》ち上がった欲望を隠すこともできず、自分一人が服を脱がされ何も纏っていない状況も恥ずかしかった。

「もうやだ、僕ばっかり……っ」

「お仕置きだと云っただろう？」

ショーンは楽しそうに美雪の体を弄り倒している。確かに何でもすると云ったけれど、こんな目に遭うなんて思いもしなかった。

感じすぎて頭がおかしくなってしまいそうだ。

「ショーン、もう、おねが……して……っ」

こんな生殺しのような状態が続くより、決定的な刺激が欲しい。美雪は羞恥心をかなぐり捨て、ショーンにそう懇願した。

「何をして欲しいって？」

「だから……っ、ショーンの、欲しい……」

真っ赤になってねだると、体を入れ替えるようにしてベッドに組み敷かれた。

「いい子だ」

褒められると嬉しくなり、頭がぼーっとする。

ショーンはようやくシャツを脱ぎ捨て、上半身を晒《さら》す。彼の昂ぶりが張り詰めているのは、服の上からも見てとれた。

ベルトを引き抜き、緩めたウエストから自身を引き出すと手早く避妊具をかぶせる。今回も用意のよさに感心する。色男は常に準備を怠らないということだろうか。

じっと見ていると、ショーンはニヤリと口角を上げた。

「ああ、これ？　ミユキを口説き落とすまで帰るつもりはなかったからな」

「……ッ」

美雪の気持ちを見抜いていたのか、それとも、絶対に美雪を手に入れ、抱くつもりだったということか。

ショーンは美雪に膝を立てさせ、足の間に膝立ちになる。さらに深く足を折り曲げられたかと思うと、硬く撓《しな》った屹立で美雪の中に押し入ってきた。

「うあ、あ、あ――」

いくら慣らされたあとだとはいえ、指よりも圧倒的に太いそれが入ってくると、内臓が迫《せ》り上がってくるような錯覚を覚える。呑み込んだ質量に息が止まりそうだった。

体の内側から溶け落ちてしまいそうに熱い。

「力を抜いて、ミユキ」

「でき、ない……っ」

「大丈夫、ゆっくり息して」

云われるがままに呼吸を繰り返していたら、ショーンはそのリズムで動き始めた。

「あっ、は、あ、あ……っ」

律動は速度と動きを増していく。薄いゴム越しの屹立に粘膜を擦られ、鼻にかかった喘《あえ》ぎ声がひっきりなしに漏れた。

強すぎる快感に惑乱する。奥を突かれるたびに、達してしまいそうになる。我慢しようと力を入れると、ショーンが苦しそうに小さく呻《うめ》いた。

「……っ」

次の瞬間、お返しとばかりに引き抜かれ、一気に奥まで穿たれた。

「ひあっ……！」

突き上げは深い抜き差しに変わる。途中でローションを足され、動きが滑らかになった。ぐじゅ、ぐじゅ、と繰り返し穿たれ、一息に奥まで擦り上げられる感覚に四肢が甘く震える。

「あっ、あ、ぁん、や……⁉」

不意に繋がった体を強引に起こされ、ショーンに跨《また》がるような体勢にされた。自らの体重のせいでより深く呑み込んでしまう。

下から痴態を見上げられる体勢が恥ずかしい。痛いくらいに張り詰めた自身を根元から指でなぞり上げられ、尾てい骨がビリビリと震えた。

ショーンは美雪の太股を撫でてくる。そのまま手を尻に滑らせ、柔らかな部分を揉みしだいた。

「や、あ、ぁんっ」

ショーンは顔の目の前にあった胸の尖りを舐め上げた。不意打ちの感触に高い声が出てしまう。そこはとくに感じやすい。快感に繋がることを教え込まれたせいで、弄られると力が入らなくなってしまうのだ。

感じて硬くなったそこをキツく吸い上げられ、歯を立てられるとそれだけでイッてしまいそうになる。

「あ……っ、んんっ」

言葉にならないくらいの快感に、ミユキはショーンの頭を掻き抱く。すると、ショーンは美雪の尻を鷲掴みにして、前後に大きく揺すった。

「ひあ、あ、あっあ、あ――」

大きくて硬い楔《くさび》が美雪の中で暴れているみたいだ。

「自分でも動けるだろう？　気持ちいいところに当たるようにすればいい」

耳元で囁かれ、小さく頷く。

「んっ、あっ、ああ……！」

ショーンのリードに従って腰を揺らし、体を大きく弾ませる。内壁が大きく擦れ、悲鳴じみた声が上がった。

下から突き上げられるような刺激が堪らなく気持ちいい。ショーンの呼吸も上がってきている。

「上手だ。ミユキは本当に覚えがいい」

ショーンに褒められると嬉しくなる。少しでも喜んでもらいたくて、自ら腰をうねらせた。

「あっあ、あ、ああっ」

もうほとんど何も出ないのに、再び絶頂が迫ってくる。衝動のまま律動を激しくすると、ショーンも苦しそうな表情を浮かべた。

彷徨《さまよ》わせた手で彼の手を掴み、指を絡める。手を握り合い、同時に終わりを迎えた。

「愛してるよ、ミユキ」

その言葉への返事は、キスで返す。

二度と彼の傍を離れない——美雪は心の中でそう誓った。

17

「本当に来ちゃった……」

ロサンゼルス空港に降り立ち、感慨深く独りごちた。初めて渡米したときと同じことを呟いている気がする。

ショーンの申し出を受け、美雪は生活基盤をアメリカに移すことにした。永住権は簡単には取れないだろうが、こちらで生きていくつもりだ。

渡米にあたっては、数ヶ月かけて準備をした。

まず会社に退職届を出したところ、強く引き止められた。甘い言葉で懐柔しようとしたり、高圧的に脅されたりとあの手この手で思い止まるよう説得された。

けれど、幸いにも会社には何の未練もなかったため、美雪の心が揺れることはなかった。

木崎にも妨害を受けていたけれど、ある日を境に出社してこなくなった。社内の噂によれば、飲酒運転で捕まった際に車内から何らかの違法薬物が出たらしい。

それからは平和に引き継ぎをして、円満に最終日を迎えることができた。

もちろん、この先の不安がないわけではない。だが、強い意志さえあれば何ごとも打破できると映画から学んだ。

時間がかかるだろうと思っていた母の説得は、意外にもすんなりといった。

ショーンがくれた父の調査資料に目を通した母は、まるで憑《つ》きものが落ちたように、彼への執着を失った。

出逢った頃、すでに妻子がいたという事実よりも、当時のイケメンぶりが見る影もない中年太りの冴《さ》えない風体にショックを受けていた。

写真を見たあと、ふらふらと寝込んでしまったが、翌朝にはいつになく溌剌《はつらつ》とした表情になっていた。

女手一つで子供を育て生きていくには、『夢』が必要だったのだ。顔を合わせることがなかったからこそ、抱き続けることのできた夢だったのだろう。

母が一人で自分を育ててくれたことは紛れもない事実だ。父への固執さえなければ大好きな母だと素直に思える。

いつでも戻ってきていいんだからね——そう云って、すんなりと送り出してくれた母に感謝したい。

飛行機が到着したことを報告しようとスマホを取り出す。

美雪がアプリでコールするとすぐに繋がった。

「え？　髪切ったの？」

画面に現れた母の姿に目を瞠る。

『そうなの。久しぶりのショートカットは軽くていいわ。どうせ染めるんだしと思って明るい色にしちゃった』

　明るい茶色のショートボブ。服装も色味が鮮やかでカジュアルになっていた。父の理想に合わせた服装や髪型をやめたのだろう。

「すごくいいね」

『ありがと。私もそう思う』

　見た目だけでなく、声音も違う。きっと、いまの姿が本来の彼女だったのだ。

「休みになったら帰るから」

『何云ってるの。いつでも帰ってきていいとは云ったけど、そんなにたびたび帰ってきてどうするの。そっちに馴染《なじ》むまでは頑張りなさい』

「え？　本当に母さんなの？」

　以前なら毎日連絡をしなければ安心できないほどだったのに、手の離れ方が極端だ。

『いい加減子離れしなきゃって反省したの。私もあなたも一人の人間なんだから、心配だからって縛ってたらいけないなって』

「母さん……」

　以前には考えられなかった母の言葉に、美雪は胸を打たれる。こんなふうに目を覚ませたのも、シヨーンのお陰だ。

「ハイ！　カスミ」

『ショーン！』

迎えにきてくれたショーンが美雪の背後からスマホを覗き込んでくる。

「カスミ、その髪型似合ってる」

『ショーンに褒めてもらうと自信持てるわ』

母が渡米を肯定的に受け止めてくれたのは、ショーンが直に会いにきてくれたのも大きいだろう。驚いていたようだけれど、すぐに意気投合していた。

『これから美雪をよろしくね。幸せにしてくれないと許さないから』

「わかってる。全力で幸せにするよ」

「ちょ、何で結婚するようなやり取りなの？」

『だって、似たようなものでしょ？』

「正式にはまだだが、そのつもりだ。落ち着いたら改めてプロポーズをするから待っていてくれ」

「しょ、ショーン」

母の前でそんな宣言をされるとは思わなかった。

『そういう話は親の見てないところでしてね。それじゃ、私出かけるところがあるから』

またね、と軽い別れの言葉で通話が切れた。会おうと思えばすぐに会えるし、こうして顔を合わせて話すこともできる。

「落ち着いたら、カスミをこっちに招待しよう。俺の両親にも会わせたいしな」

「楽しみにしてます」

お互いにじっと見つめ合い、美雪は込み上げる想いを噛み締める。

「会いたかった」

「僕もです」

まるで映画のエンディングのように、ショーンに力強く抱きしめられる。

「恋しくて堪らなかった」

「昨日も話したじゃないですか」

日本とロサンゼルスで離れている間は、毎晩のようにビデオ通話で顔を合わせていたし、何度か行き来もしていた。

「直に触れるのは一ヶ月ぶりだろう？　ミユキは俺が恋しくなかったのか？」

「夢に見るほど恋しかったです」

「どんな夢を見てたか、あとで詳しく教えてくれ」

「え？」

甘ったるいシチュエーションばかりで、本人に説明するのはいかがなものか。ある程度省略して話すしかないだろう。

「そうだ。いいニュースと悪いニュース、どっちを先に聞きたい？」

お約束の問いかけをされ、本場の気分を味わう。

「じゃあ、いいニュースから」

「続編の企画が通った」

「本当に!?」

「ああ、正式なゴーサインが出た。これからチームを組んで、詳細を詰めていく。もちろん、ミユキもその一員だ」

「楽しみです」

自分がいまの立ち位置にいていいのか、自信が揺らぐことはある。いまだって、予防策を練っておきたい気持ちでいっぱいだ。

だけど、卑下や謙遜をすればショーンが悲しむ。自分のことは信じ切れないところがあるけれど、ショーンのことは誰よりも信じている。

彼が信じ、期待してくれているのなら、美雪は全力で彼のために頑張るだけだ。周囲の評価を気にするよりも、尊敬する人のためだけにエネルギーを注ぐほうが賢明だろう。

「悪いニュースは何ですか？」

「パパラッチを巻けなかった」

ショーンはそう云って肩を竦めてみせたが、何故かあまり困っているようには見えなかった。

「いま撮られてるってこと？」

「多分な。でも、ちょうどいいかもしれないな」

「え？」

「交際相手を紹介するいいチャンスだ」

ショーンはパパラッチに見せつけるように美雪にキスをし、全世界にカミングアウトしたのだった。

あとがき

初めまして、こんにちは。藤崎《ふじさき》　都《みやこ》です。

このたびは拙作をお手に取ってくださいましてありがとうございました！

今回は基本に立ち返ってシンデレラストーリーが書きたいなというところから考えてみました！

憧れの王子様（推し）が自分（の才能）に惚《ほ》れ込んだとしたら――というお話となっております。

美雪《みゆき》は才能だけでなく自分自身にも惚れられてしまったわけですが、手が届かないはずだった推しに告白されたら嬉《うれ》しいという人もいれば、びっくりして走って逃げるタイプもいると思うんですよね。

憧れや誰かを推す気持ちは恋心とは背中合わせでありつつも似て非なるものなので、初対面での（恋の）直感のようなものがあったとしても、本人もなかなか気づかない気がします。

過ごす時間を重ねるうちに現実感が湧いて、同じ世界に生きている人間だと実感していくに従って恋心が育っていくんじゃないかなと思い、こんなお話になりました。

美雪も生きている世界が違うと思っているせいで、自分の気持ちを直視できずに右往左往しておりました（笑）。恋人が推しだと色んな懊悩《おうのう》がありそうですよね。毎日、心拍数の上下がすごいことになってる気がします。

これからも二人はパパラッチに追いかけられたり、作品作りに悩んだりと苦労もありそうですが、お互いに支え合い研磨していく関係でいるのではないでしょうか。

美雪は五年後も十年後も、別腹でショーンを推していると思います。

そういえば、近況報告というか衝撃的なことがあったので聞いてください。

先日、朝からお腹《なか》が痛くて横になっていても酷《ひど》くなる一方だったので、這《は》うようにして病院に行ったんです。

二年前に婦人科系の手術をしていたため、術後の癒着を疑われてすわ入院か!?　となったのですが、ＭＲＩを撮ってもらったところ尿路結石でした！

結石だったとわかった瞬間、深刻そうだった先生の顔がぱあっと晴れやかになったのにちょっと笑ってしまいました。

もっとチクチクした感じなのかなと想像してたけど全然違いました……。いま思えば脇腹よりの部分とその裏側の背中が痛かったです（腰は寝違えたかと）。

点滴中「これが噂《うわさ》の……！」と思いながら、あとがきのネタができてよかった……と頭の隅で考えてました（笑）。喉元を過ぎてしまったのでもはや笑い話ですが、涼しくなってから水分摂取を怠っていたなと反省しています。

皆様も健康診断は毎年欠かさず、暑くない日でも水分はしっかり摂《と》ってお過ごしくださいね。本当に痛いので！

最後になりましたが、今回も担当さんには大変お世話になりました。今後ともどうぞよろしくお願いします！

そして、美麗なイラストを描いてくださった円之屋《まるのや》穂積《ほづみ》先生、本当にありがとうございました！

この本をお手に取って読んでくださった皆様に、少しでも楽しんでいただけていたら幸いです。よろしければ一言で構いませんので、ご感想などお聞かせいただけると嬉しいです。

それでは。またいつか、どこかでお会いできますように！

二〇二二年九月　藤崎　都

竜人は十六夜に舞い降りて《りゅうじんはいざよいにまいおりて》

藤崎 都

イラスト：小山田あみ

957円（本体870円+税10%）

サラリーマンの秦野螢は、母を亡くしたことがきっかけで父とは疎遠なまま暮らしている。亡くなった祖父は、怪我をあっというまに治したり竜人の出てくる昔話をしてくれたりと不思議な人だった。そんなある日、会社でいつも螢にちょっかいをかけてくる寺内から、倉庫で襲われてしまう。危機を感じた螢は、つい、祖父の形見であるペンダントを握りしめ、助けてと祈ってしまう。すると、突然光があふれ出し、オリエンタルな雰囲気の美形すぎる男が現れる。グレンと名乗るその男は、螢の願いによって異世界から飛んできたといい、さらに祖父の親友だと言い出して──!?

リンクスロマンス大好評発売中

子育て男子はキラキラ王子に愛される《こそだてだんしはきらきらおうじにあいされる》

藤崎 都

イラスト：円之屋穂積

957円（本体870円+税10%）

営業マンの巽恭平は、亡き姉の一人息子で幼稚園児の涼太と二人暮らし。日々子育てと仕事に追われる中、密かな楽しみはメディアでも騒がれるほどのパーフェクトなイケメン広報・九条祐仁のストーキングをすることだ。がたいがよく強面な自分の恋が叶うはずがない、遠くから見ているだけでいい──そう思っていたけれど、ある日ひょんなことから巽がストーカーをしていることが九条にバレてしまう！ところが九条は平気な様子で、むしろ「長年のしつこいストーカーを追い払うため」と称して巽に偽装恋人になってくれと言ってきて…!?

拾った熊が僕のベッドに棲んでいます。

ひろったくまがぼくのべっどにすんでいます。

藤崎 都
イラスト：金ひかる

957円（本体870円+税10%）

ある朝目覚めたら、僕のベッドに大きな熊が寝ていました——。両親を亡くし、天涯孤独に生きる大学生の深月。唯一の楽しみは大ファンのギタリスト・旭の演奏を聴くことだったが、ある日その旭が怪我をして行き倒れているところに遭遇してしまう!!　何やらわけありそうな彼の身を案じて、自宅に連れ帰った深月。すると翌朝、大きな赤毛の熊に姿を変えた旭がそこにいて…!?　赤熊族の御曹司と孤独な青年のキュートなほろ苦ハートフル・ラブ。

リンクスロマンス大好評発売中

騎士王子は月の下で愛を囁く

きしおうじはつきのしたであいをささやく

藤崎 都
イラスト：小禄

957円（本体870円+税10%）

隣国のレアリウス王国へ国交回復の交渉使節として赴いたユシュタル皇国の第一皇子・リシュカ。リシュカはひそかに、レアリウスの第二王位継承者にして、千人力の武将として名を轟かせるヴィルフリード王子を暗殺するという密命を帯びていた。国境近くの砦で野党に襲われたリシュカ一行は、運よく国境警備の騎士団に助けられる。長身で屈強ながらも大変な美貌を持つ騎士団長に目を奪われるリシュカだが、やがてその団長が、暗殺対象のヴィルフリードその人であることを知ってしまい…!?

セレブ結婚はシナリオ通りに進まない

せれぶけっこんはしなりおどおりにすすまない

藤崎 都

イラスト：円之屋穂積

957円（本体870円+税10%）

警備員の椎名大智は、新作映画のプレミアムイベントで ボディーガードを務めた超美形の人気俳優・佐宗司に、後日、突然「僕と結婚してほしい！」と懇願される。実はそれは、佐宗の俳優業を良く思わない名家の親族たちを あざむくための『偽装結婚』で、恋人のふりをしてほしいという“仕事の依頼”だったのだ。借金返済に追われる椎名は、多額の報酬と引き換えに依頼を引き受けることに。ところが、演技派・佐宗の恋人役を演じることは、ろくな恋愛経験がない椎名には心臓に悪いことばかりで…!?

リンクスロマンス大好評発売中

事故物件ハネムーン

じこぶっけんはねむーん

藤崎 都

イラスト：二宮悦巳

957円（本体870円+税10%）

大家の都合でアパートから立ち退くことになった建築メーカー勤務の久也は、「幽霊が出ると噂の自社物件である豪華なタワーマンションに3ヶ月間住み、よからぬ噂を解消させろ」という業務命令を下される。それだけでも不本意なのに、なぜかいけ好かない後輩・榊も入居してきてムールシェアをするハメに！　不愛想な榊に始めは戸惑う久也だけど、優秀な若手のホープである榊は意外にも料理上手で世話焼きな男だった。しかも、除霊と称してやがて二人はHなことまでする関係になってしまい…!?

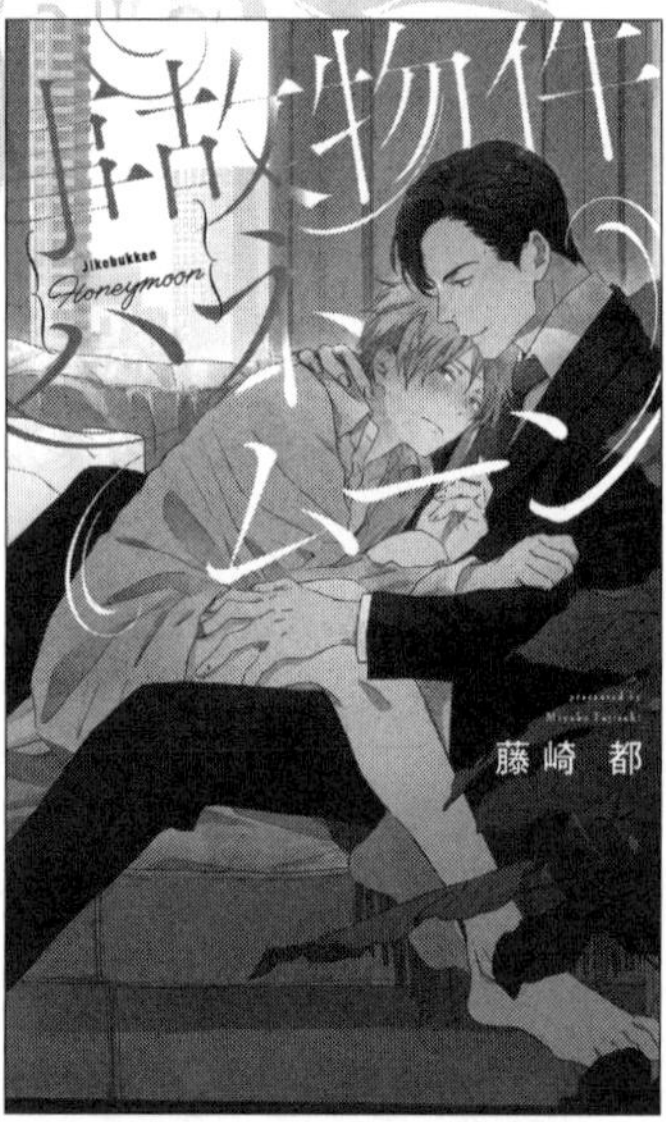

LYNX ROMANCE

小説原稿募集

リンクスロマンスではオリジナル作品の原稿を随時募集いたします。

募集作品

リンクスロマンスの読者を対象にした商業誌未発表のオリジナル作品。
（商業誌未発表のオリジナル作品であれば、同人誌・サイト発表作も受付可）

募集要項

＜応募資格＞

年齢・性別・プロ・アマ問いません。

＜原稿枚数＞

４５文字×１７行（１枚）の縦書き原稿、２００枚以上２４０枚以内。
※印刷形式は自由。ただしＡ４用紙を使用のこと。
※手書き、感熱紙不可。
※原稿には必ずノンブル（通し番号）を入れてください。

＜応募上の注意＞

◆原稿の１枚目には、作品のタイトル、ペンネーム、住所、氏名、年齢、電話番号、メールアドレス、投稿（掲載）歴を添付してください。
◆２枚目には、作品のあらすじ（４００字〜８００字程度）を添付してください。
◆未完の作品（続きものなど）、他誌との二重投稿作品は受付不可です。
◆原稿は返却いたしませんので、必要な方はコピー等の控えをお取りください。
◆１作品につき、ひとつの封筒でご応募ください。

＜採用のお知らせ＞

◆採用の場合のみ、原稿到着後６カ月以内に編集部よりご連絡いたします。
◆優れた作品は、リンクスロマンスより発行させていただきます。
原稿料は、当社既定の印税でのお支払いになります。
◆選考に関するお電話やメールでのお問い合わせはご遠慮ください。

宛先

〒151-0051
東京都渋谷区千駄ヶ谷４−９−７
株式会社　幻冬舎コミックス
「リンクスロマンス　小説原稿募集」係

LYNX ROMANCE

イラストレーター募集

リンクスロマンスでは、イラストレーターを随時募集いたします。

リンクスロマンスから任意の作品を選び、作品に合わせた
模写ではないオリジナルのイラスト（下記各1点以上）を描いてご応募ください。
モノクロイラストは、新書の挿絵箇所以外でも構いませんので、
好きなシーンを選んで描いてください。

1 表紙用 カラーイラスト

2 モノクロイラスト（人物全身・背景の入ったもの）

3 モノクロイラスト（人物アップ）

4 モノクロイラスト（キス・Hシーン）

募集要項

＜応募資格＞

年齢・性別・プロ・アマ問いません。

＜原稿のサイズおよび形式＞

◆Ａ４またはＢ４サイズの市販の原稿用紙を使用してください。

◆データ原稿の場合は、Photoshop（Ver.5.0 以降）形式でＣＤ－Ｒに保存し、出力見本をつけてご応募ください。

＜応募上の注意＞

◆応募イラストの元としたリンクスロマンスのタイトル、あなたの住所、氏名、ペンネーム、年齢、電話番号、メールアドレス、投稿歴、受賞歴を記載した紙を添付してください（書式自由）。

◆作品返却を希望する場合は、応募封筒の表に「返却希望」と明記し、返却希望先の住所・氏名を記入して返送分の切手を貼った返信用封筒を同封してください。

＜採用のお知らせ＞

◆採用の場合のみ、6カ月以内に編集部よりご連絡いたします。

◆選考に関するお電話やメールでのお問い合わせはご遠慮ください。

宛先

〒151-0051 東京都渋谷区千駄ヶ谷 4－9－7

株式会社　幻冬舎コミックス

「リンクスロマンス　イラストレーター募集」係

この本を読んでの
ご意見・ご感想を
お寄せ下さい。

〒151-0051
東京都渋谷区千駄ヶ谷4-9-7
(株)幻冬舎コミックス　リンクス編集部
「藤《ふじ》崎《さき》 都《みやこ》先生」係／「円《まる》之《の》屋《や》穂《ほ》積《づみ》先生」係

リンクス ロマンス

社畜リーマン、推しに熱烈オファーされてます

2022年11月30日　第1刷発行

著者……………藤《ふじ》崎《さき》 都《みやこ》
発行人…………石原正康
発行元…………株式会社　幻冬舎コミックス
〒151-0051　東京都渋谷区千駄ヶ谷4-9-7
TEL 03-5411-6431（編集）
発売元…………株式会社　幻冬舎
〒151-0051　東京都渋谷区千駄ヶ谷4-9-7
TEL 03-5411-6222（営業）
振替00120-8-767643
印刷・製本所…株式会社　光邦
検印廃止

ISBN978-4-344-85148-1 C0293
Printed in Japan

幻冬舎コミックスホームページ　https://www.gentosha-comics.net